ちょっとうるせぇ障害者

三木由和

社会評論社

ちょっとうるせぇ障害者 ＊ 目次

第3章　職業訓練学校

第4章　新宿区の職員、小学校用務員として

第5章　教師をめざす

はじめに

千葉県富津市に大貫と言う漁村がある。この漁村の高根と言う集落に九左衛門と言う屋号の家がある。家は総欅造りで、柱も梁も一本一本が太くしっかりしている。関東大震災では、左右に傾きながらも持ち直したという。

私はこの家の長男として1961年に生まれた。生後7か月で風邪をひき脳性小児麻痺となった。4歳の時に、親元を離れ肢体不自由児訓練施設の育成園という施設に入所させられた。

私は正月休みで、半年ぶりに帰ってきた。父は漁に出ていて帰って来た時には日が暮れていた。胸まである繋ぎの長靴姿のまま土間で私を抱き締めた。

「よう、帰ってきたなあ！」

と嬉しそうに言う。

家族と一緒にいられる日々は短い。毎日、母に

「あと、何日いられるの？」

と訊ねる。そんな質問を繰り返すものだから、なおさらに短い。

とうとう、施設に戻らなければならない日がやってきた。その日は、父も一緒に送って行くと約束してくれた。約束通りに父は背広を着て、土間に立って母と私を待っていた。出かけるから靴を履くように言われた。

次の瞬間、私は自分でも思いもよらぬ行動に出る。土間に一番近い、欅の大黒柱に無言でしがみついた。とはいえ、両手を広げても柱は太く指がやっと引っ掛かる程度である。無我夢中だ。母が手を剥がそうとしたとき、今度は両足で柱を挟み込む。ここまで、態度に出してしまったら、腹をくくるしかない。

「いやだ！　行きたくない」

と言葉も出始めた。それでも、

「バスが来ちゃうから」

となおかつ、柱から引き離そうとする。

その時、土間で一部始終を見ていた父の口か

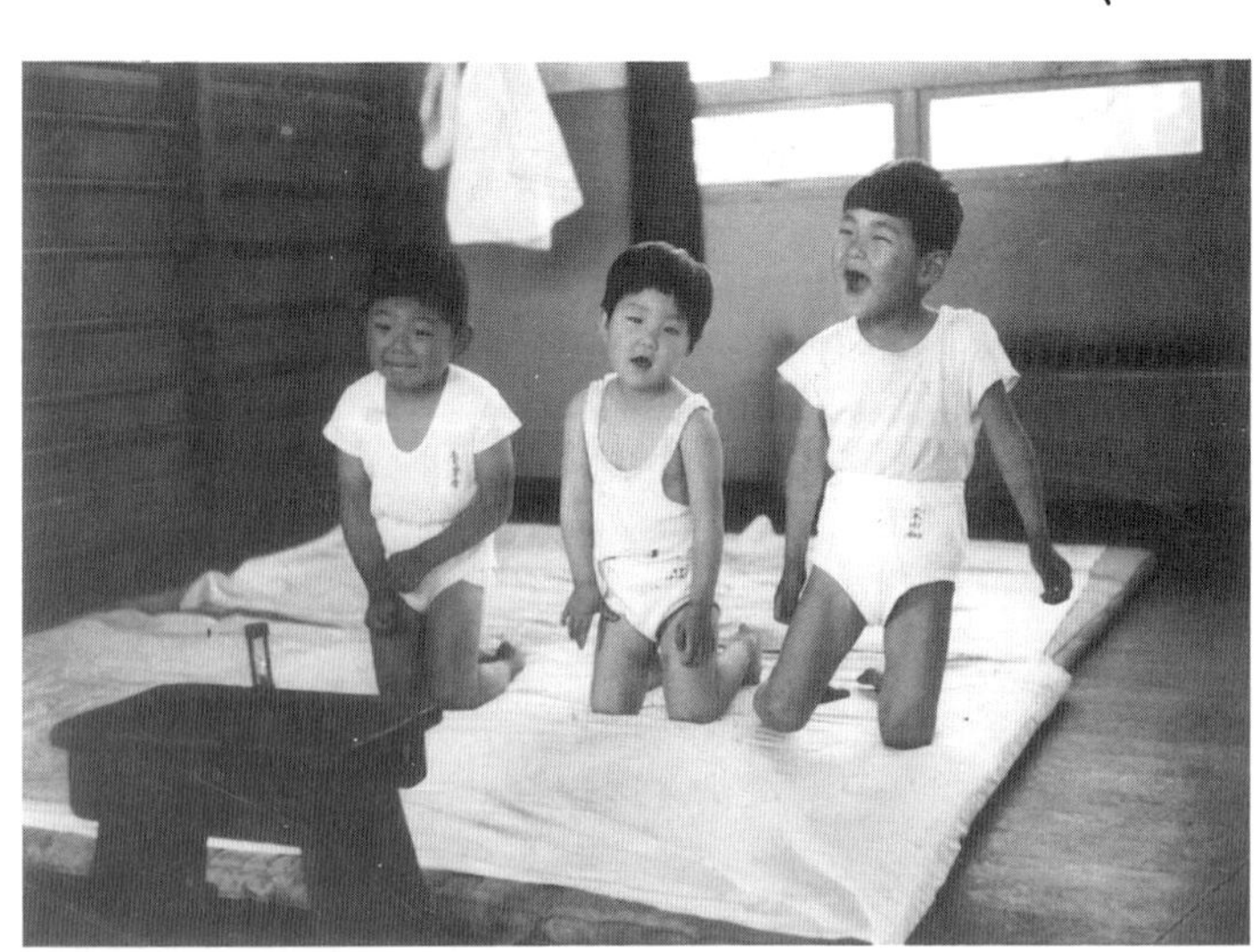

育成園（肢体不自由児訓練施設）で（右端が著者）

ら思いもよらぬ言葉が突いて出る。

「そんなに嫌なら、行かなくてもいい!」

これに対し、母が
「だってよ!」

と納得できないような返事だが、その返事をしながら、私を引く力は明らかに弱まっていた。母は私から手を放すと大仕事を終えたように、大きなため息を一つ吐いた。同時にその場に座り込む。私はしばらく、柱から手を放すことができなかった。すると、父が母に対しおっとりとした口調で、こう続ける。

「こんなに、いやがってるじゃねえか。もう、いいだろう」

「助かった!」

そう思ったら、私の力も抜けていった。

結局、父と母はその日二人で育成園に出かけた。園長と話をする。父が事情を説明すると、「分かりました。本人がそう言うのなら、いいでしょう」

と園長は、納得してくれたという。

家での生活が始まった。父も母も仕事で忙しく、日中は広い家で一人留守番をしていた。子守は白黒テレビである。

その頃の私は、歩行がまだ不安定で、平らな場所でも足がもつれるように倒れたりする。全身に力もなく、一度倒れるとなかなか起き上がれない。歩行訓練も自己流で行う。幼児がよく使用する玩具で手押し車（押しながら歩くとカタカタと音がする）を持ち出した。けれども、私が押すと直ぐに車ごと一緒に倒れてしまう。そこで、大きな袋に砂を詰め込みそれを車に縛り付けた。そうなると、今度は押してもなかなか動かない。だが、こうして私は力をつけていった。

一日何度も転ぶ。そんな時、決まって母が私にかけた言葉がある。

「自分で転んだんだから、自分で立て。誰かに倒された訳じゃない」

そう言って怒鳴るのである。この母親の前では泣けない。泣くという行為には、自分が背負わなければならないペナルティが存在するということを認識させられた。私は転んでも転んでも時間はかかるが起き上がる。そんな日々が続いた。

その後、地元の大貫小学校に入学したが、特殊学級に在籍。いじめや差別の小学生時代を過ごした。大貫中学校でもそのままは特殊学級に在籍となった。

自分で進路を選択したのは中学校卒業の時からである。ここでは、その辺りから記すことにしたい。

第1章　就職がダメでも定時制高校があった！

就職活動　施設や養護学校とは縁を切りたい

１９７７年、中学校３年生になった。私の気持ちは〝絶対に就職する！　それしかない〟この一点しかなかった。しかし、何も出来ぬまま時だけが進んで行く。やがて、義務教育で最後の夏休みが終わり２学期になった。

私が就職を目指した理由は、三つある。

その一つ目は、今もなおまとわりつく施設や養護学校ときっぱりと縁を切りたかった。振り返れば、４歳のときに入所した育成園から必死の思いで、家や家族の下に帰った。小学校では２年生のとき、養護学校への転校をすすめられた。まさかもうないだろう、そう思って入学した中学校だった。けれども、入学直後、また、養護学校は私に刃（やいば）を向けて来た。もういい加減に私から離れて欲しい。だが、ここで就職できなければ、養護学校か施設という話が浮上してくるに違いない。

二つ目は、万が一就職できなかったら、私は家に籠もる生活をも考えていた。ここは小さな漁村である。どこの誰でどんな人なのか皆が承知している。私も例外ではない。

「あの子、中学校は出たけど行けるところなかったんだねえ」

「かわいそうに！」

そんな噂をされるのが想像できるし、いたたまれない。

三つ目は、自分が生まれ育ったこの大貫の環境で暮らしたい。大好きな町、大好きな友達、大好きな両親に囲まれ、大好きな家で自分らしく生活を送りたい、ということだ。

けれども時代は第一次オイルショックのあおりを受け、そこから抜け出せずいた。不景気という言葉が知らず知らずに私の頭にしみ込んでいく。普通の人が大学を出ても職に就けない。ましてや、高卒や中卒となれば尚更のことだ。けれども、私の周りには中卒の大人ばかりである。だからとくに学歴について意識していなかった。

授業で履歴書というものを初めて書いた。その履歴書を手に、私は特殊学級担任の金子先生に連れられ、木更津市にある職業安定所に行った。いよいよ私の就職活動のスタートである。

職業安定所に着くと50代位の男性職員が対応してくれた。先生がひと通り状況を説明し、続いて
「三木です。宜しくお願いします」

と直立不動で頭を下げる。とはいっても、左半身に麻痺のある私の姿勢は、かなりゆがんでいただろう。すると、痩せて黒縁のメガネをかけた職員が、それまで履歴書に向けられていた

視線を私に移動させた。その視線は足元から、腰、腹、胸、顔、頭へと私の体を貫いた。

（こいつ、こんな体で本気で働くつもりなのか！　普通の大人だって仕事がないのに、おまえのような障害者のガキに回せる仕事なんかあるわけないんだよ）

そう私には聞こえてくる。彼は私に質問をしてきた。

「三木君は、どんな仕事をしたいと思っているのかなあ？」

「はい、ぼくは動物が好きなので、動物に関係する仕事をしたいです。たとえば、養鶏所とか動物園とかがいいなと思っています」

簡単な挨拶を交わした程度で、その場は終わった。

「それでは、障がい者でも可能な仕事がありましたら、学校の方にご連絡します」

帰りの道のり、先生が
「三木君、連絡くれるって、良かったね！　早く連絡くれるといいね」

何度もそう言って私を励ましてくれた。けれども、私は不安でたまらない。学校に戻っても、その不安が解消されることはなかった。

一月ほど経ったある日、職業安定所から学校に連絡が入った。先生が
「三木君、さっきね職安から連絡があってね！　障害者でも引き受けてくれる職場があったって。面接受けるよね？」

「うん、もちろん」

仕事は指輪に関係することらしい。

数日後、金子先生と面接に出かけた。電車で君津まで行き、そこからバスに乗り20分程かかった。地図を頼りにやっと探し当てることができた。このあたりは住宅地である。そこも見たところ普通の家である。玄関で呼び鈴をならすと、若い男性が現れた。私たちを別棟に案内し、

「どうぞ、ここが作業場です」

中に入ると机が一つある。その上にはグラインダーが一台置かれている。仕事の内容はプラチナのリングをグラインダーで磨くのだという。グラインダーの横に白い小さな箱が置いてある。その箱の中にリングが沢山入っていた。彼はその中から一つ摘むとグラインダーを動かした。

「こうやって、やるんだよ！」

私たちにやって見せてくれた。さらに、もう一つつまむと今度は私に手渡し

「やってごらん！」

私がリングをグラインダーに近づける。グラインダーに触れた瞬間、リングがぶれた。凄い力である。私の手も怖さでふるえる。それでも、何度も何度も挑戦したが、麻痺のある手がいうことをきいてくれない。結果は変わらなかった。

「私としては、このような作業なんで足が多少不自由でも可能だと思い、職安には障害者でもできると言ったんですよ。だから、職安としては連絡をさしあげたんでしょうね！」

帰りの道のり、できなかった自分への腹立たしさと情けなさ、さらにこれからの不安などで頭の中がいっぱいである。言葉がでない私に金子先生がそっと話しかける。

「今回できなかったのは残念だったけど、あの人ね、三木君が挑戦しているとき、何とかやらせようと一生懸命だったんだよ！」

私には先生の話に、うなずくのが精一杯だった。

二回目の面接

一回目の面接から1か月程過ぎた11月のある日、

「三木君！　学校に職業安定所から連絡があったよ。今度は三木君が希望していた養鶏所の仕事だよ」

先生の声が弾んでいる。そしてこう続けた。

「だけど、ちょっと遠いんだよね。袖ヶ浦なんだって。電車で通えないこともないけど、寮もあるらしいからね」

袖ヶ浦というと、大貫から電車だけでも40～50分はかかる。その養鶏所が駅からどのくらい遠いのか想像できない。

さらに先生はこう続ける。

「できれば、家の方に、誰かついて来てもらえたらと思うんだ。ちょっと、話してみてくれない」

　ということで、先生と母と私の三人で行くことになった。数日後、いよいよ面接に出発だ。大貫駅から袖ヶ浦駅まで電車に乗り、さらにそこからバスに乗り換え30分程だったと記憶している。バスを降りると小高い山道を登っていく。しばらく進むと、鶏糞の臭いとともにニワトリの鳴き声が聞こえる。

　門に着いて、声をかけるも応答がない。聞こえるのはニワトリの鳴き声だけである。仕方が無いので、しばらく待っていると小屋の向こう側に人影を見つけた。

「こんにちは。あの、職業安定所からの紹介で面接に来ました」

「はい、聞いてます。それじゃ、こちらにどうぞ！」

と言って、私たちを奥の方へ案内してくれた。いくつもある鶏小屋と鶏小屋の間を迷路のように抜けて行く。人がやっと一人通れる狭い通路を、左右に何度か曲がると小さな事務所のような建物に案内された。引き戸を開けると広い土間にテーブルと椅子が置いてある。その直ぐ脇にだるまストーブがある。

「ここで待っていて下さい」

そう言うので、椅子に腰掛け、しばらく待っていた。やがて、小太りで作業着姿の60代位の男性が現れた。社長だ。立ち上がり、挨拶をすませる。先生が私を紹介する。

「三木君です」

するとと社長さんの視線が私に移った。社長さんの視線はそのまま私の足元から頭へとなめて行く。あの時の職業安定所の人と同じである。ただこの社長さんはきっと初めて障がい者を見たという感じを受けた。そうだとしても決して不思議なことではない。私自身がこれまで肢体不自由、とくに多いはずの脳性まひの人にほとんど会ったことがないのである。社長さんは、腰をかけると一呼吸置き、話し始めた。

「先生、せっかく来てもらったんだけど、この子じゃ、うちの仕事は無理だね！」

それを聞いて、母が食い下がる。

「この子は物事をするのに時間がかかるけんが（けれど）教えてもらえればできます」

すると直ぐ目の前の鶏小屋を指差す。その鶏小屋は10メートル四方程で金網でおおわれている。その中にニワトリが放し飼いにされていた。私がテレビで見ていたニワトリが一列に何段にも並んでいる小屋とは違っていた。

「うちはこんなやりかたをしている。この飼い方だと、うんこが小屋中にちらばってしまう。だから毎日鶏小屋を掃除する。掃除して、鶏糞を袋に入れるんだ。そうすると一つの袋の重さは20キロ、30キロになる。それがいくつもできるから鶏糞の業者に渡すんだ。取りに来る時間が決まっているからもたもたしていられない。かなりの重労働なんだよ。これまでも、ずいぶんと多くの人が働きに来た。でも、この臭いと重労働に耐えられず、直ぐやめて行くんだ。１週間もてばいい方だ。そうそう、ついこの前も、大学生が住み込みで働きたいって言うからアルバイトで雇ってやったら、３日目に辞めてったよ」

この社長さんの話を聞いて、私たち三人は次の言葉が見つからなかった。最後に大きくため息をつき、背もたれにもたれかかる母の姿が印象的だった。こんなにいろいろ話してくれたのに、社長さんの顔は先生や母に向けられていて、最後まで私に向けられることはなかった。したがって、私も食い下がれるような雰囲気でもなかった。残念ではあるが、退散せざるを得ない。帰りはバスで木更津に向かった。車中また反省点ばかりが頭をめぐる。

（なんであの時、何も言えなかったんだ。なんでもう少し粘れなかったんだろう。なんで？　なんで？　あの時！）

そんなことを考えているうちに、バスは木更津市街へと入っていた。バスも混んできて、私の前に女子高校生が座った。私は彼女を見て、なんだか羨ましく思った。少なくとも、いま私が味わっているようなことは、彼女とは無縁に違いない。そんなくだらないことでも考えないと、自分が保てない。

自分で探しに行く

それから半月ほど経った。テレビ、ラジオから流れて来るのは、森田公一とトップギャランが歌う「青春時代」という曲である。

「♪卒業までの半年で、答えを出せというけれど……」

という出だしで始まるこの曲が、私にはたまらなく辛く聞こえる。

そんなある日、私は自分で職場を探す行動に出る。それは同じ特殊学級の一夫君の何気ないひと言だった。

「三木君、養鶏所だったら大貫にあるじゃん！」

「それ本当？　何処にあるんだ？」

「俺んっちの近くだよ」

「俺、行って見たい。案内してくれよ！」

こうして、二人で行くことになった。父も母もそして、先生も知らない。私は一夫君の自転車の後ろに乗り出発だ。いつも、二人で遊ぶときにはこうして移動する。

「ここだよ」

確かに、そこにはニワトリの声が聞こえ、鶏の臭いが漂っていた。石でできた立派な門には渡辺養鶏所と書かれている。二人でその門を通り奥へと進む。すると、玄関の脇に呼び鈴を発見。早速鳴らして見る。しばらくすると、奥から作業服姿の40代くらいの男性がやって来た。

「こんにちは！　あの、ぼく就職先を探していて、こちらの養鶏所で働かせてもらえたらと思って」

「アーそういうことか。せっかくだけど、うちは人を増やす予定はないなあ！　大貫中の生徒さんかい？」

「はい、もう少しで卒業なんです」

「そう、せっかくだったけど、がんばってね！」

「ありがとうございます。失礼しました」

ここも、だめだった。けれども、今までの所とは何かが違う。それは、私が就職を断られることに慣れてきたのかもしれない。それを踏まえて、ダメで元々という気持ちを獲得して来た。さらにもう一点、それは私が自分の力で、一夫君の力を借りながらも行動にまでもって行けたからである。それによって、初めて雇用側の人が私と話をしてくれた。これまでは一緒に行った先生や親に向けられていた眼を私に向けることができたのだ。私は私自身のことばで、自分の思いを伝えることができた。そうして、私に直接返事をくれた。結果は残念であるが、そこが私にとって満足だった。

その後、私の就職に関しては大きな動きはなかった。すると、今度は家庭内で大変な論争が毎日起こる。

「学校はあじょふん考げえてんのかなぁ？（学校はどういうふうに考えているのかねえ？）」

母が独り言のように言う。それを受けて姉は、

「だって、学校は探す気なんかないんだよ。学校としては卒業さえさせてしまえば関係ないんだから」

それを聞いて、私が反論する。

「そんなことない。先生だって一生懸命やってくれてる」

母と姉と姉の夫である正男さんが口を揃え、

「おおバカ野郎、バカじゃね。いいか、あのな、学校や学校の先生はおまえを卒業させてしまえば責任はないんだ。先生だっていまは一生懸命やってくれているだろうけど、卒業させてしまえば、おまえ一人にかまってなんかいられないんだよ」

そう言われても、まだ私には理解できない。先生は先生なのだから、きっと相談にのってくれるはず、きっと一緒に悩んでくれるはず、そして、きっと助けてくれる。私の中では揺らがない先生像ができていた。家のみんなの言う通りなら、私はどこを頼りにすればいいのか分からない。もはや、家族に私を助ける力など持ち合わせていないことを私は感じ取っていた。

私としては、ここで心の支えが欲しい。でも、私が持っている世界は学校か家庭しかない。悩む日々が続く。そんなある日、私は担任の金子先生に自分の気持ちをぶつけて見る。

「先生、俺が家に帰ると家中が喧嘩なんだ！　俺は先生だって一生懸命なんだからって言うのに。卒業させてしまえば、おまえなんか相手にしてくれないって言うんだ。俺はどうしたらいいのか分からないよ」

ここで私は
（そんな事ないよ。卒業したって先生は三木君の味方だよ。きっと卒業までに就職できるよ）

という言葉を期待していた。またそんな思いとは違い、

（先生は一生懸命にやってくれているのに、こんな話を聞かせてごめんなさい。これで怒って、

就職活動から手を引きますと言われたらどうしよう）
そんな思いもあった。だが先生は私の話を聞くとため息を吐き、
「そう、家の人がそんなことを言ってるの」
と言うと、しばらく下を向いたまま黙り込んでしまった。

大転換　定時制高校を知る

年末になったが、未だ私の就職活動にこれといった動きはない。私としてもどうすることもできず、ストレスだけがたまっていく。

そんなある日、一夫君と一緒に遊び、一夫君の自転車で二人乗りをし、家まで送ってもらっていた。すると後方から
「三木やん！　一夫！」

と呼びとめられ、ラジコンを見に誘われて二三夫君の家に行くことになった。

二三夫君は張り切って、家までペダルをこいでいる。二三夫君の家に着くと、庭ではお兄ちゃんやお兄ちゃんの友達が三人でラジコンの準備を始めていた。その中のいちばん身体の大きな青年が二三夫君のお兄ちゃんだという。

二三夫君の家はお父さんが亡くなったばかりである。家族は90歳を超えるおじいさんとお母さん、それと二三夫君たち兄弟の四人家族である。稼ぎ手はお母さんと中学校を卒業したばか

りのお兄ちゃんしかいない。私には、なぜ、あんな高価な物が買えるのか不思議だった。思い切って、二三夫君にそっと小声で質問してみる。肩を叩き
「二三夫、お兄ちゃんでっかいなあ」

「うん、身長180センチで体重は85キロあんだよ」

「あんなに高そうな物買っても大丈夫なのか？　俺んっちなんか、絶対買ってくれないよ！」

「ああ、だって兄貴は働いているからね。自分のお金で買っているんだよ」

うなずく私に、さらに話は続く
「だから、俺には絶対に触らせてくれないんだ。兄貴はね、給料が多いんだよ」

「どんな仕事してるんだよ？」

「仕事のことはよく分からないけど、新日本製鉄の工場内の仕事なんだよ。それに兄貴はそこから定時制に通ってんだ」

私が定時制という言葉を始めて耳にした瞬間だった。

「定時制？　それあんだ（それなんだ）？」

「高校だよ。夜の学校で昼間は仕事して、夜になると学校に行くんだよ」

「へえ！」

私にはラジコンの飛行機よりもその話の方が面白かった。家に帰っても
（定時制って、どんなところなのかなあ？　どんな人がいるのかなあ？　どんな先生がいる

のかなあ？　お金がいっぱい必要なのかなあ？）

などと、私の頭の中はなぜか、定時制のことばかりがぐるぐる廻る。夜もさんざん考えたあげく、想像しても仕方ない、明日学校で二三夫君に質問することに決めた。そしたら、安心したのかよく眠れた。


翌日、早速二三夫君への質問が炸裂する。二三夫君は私の質問に一つ一つていねいに答えてくれた。二三夫君の答えを聞くたびに、自分の気持ちが見えてくることを感じていた。

そして、その日給食を食べながら担任の金子先生に話してみる
「先生！　俺、定時制高校って受験できるかなあ？」

「うん、もちろん受験はできるよ。まだ締め切っていないから大丈夫だよ」

「先生！　俺、受かる可能性あるかなあ？」

「ああ、可能性はあると思うよ。定時制って学力よりやる気を重視すると思うよ」

その先生の言葉で、私の腹は決まった。早速、その日の夕食のタイミングで家族に話す。

「あの、俺高校に行きたい。定時制を受験してみたい」

「なに！　寝ぼけてんのか？　熱でもあるのか？」

あまり、まともに聞いてくれない。

「本気なんだから！」

大声で訴える。すると母が
「その高校は何処にあるんだ？」

「木更津にある木更津東高校だよ」

「受かるのかよ？　受かるわけがねえ！」

それを言われるとつらい。とっさに
「じゃ、受けるだけでもいいから受けさせてくれ！」

「何のために受けたいんだ？」

「自分の力を試したいんだ」

とりあえず、受験だけでもできることになった。とはいえ、自分に力のないことは試す前から分かっている。けれど、もしも合格できたら、きっと入学させてくれるに違いない。そんな確信にも似た気もしていた。


その日から私の受験勉強がスタートした。

けれども、どこからどのように勉強すればよいのか、全く分からない。国語、数学、理科、社会、英語、五教科の教科書を1年生から3年生まで全て畳の上に並べて見る。そのほとんどが一度も開いたことがなく、きれいなままである。その中の1年生の国語の教科書を手に取る。分からない漢字が多すぎて読めない。漢字については、漢字カルタによって多少自信があったのだが、それすらもただの勘違いだった。あらためて、並べた中学校3年間の教科書を眺めて、普通学級のすごさを感じた。

それを感じながらも、どうにかしなければと思う。翌日学校に行くと、5教科それぞれの先生に事情を説明して回った。

「先生、点を1点でも2点でも欲しいのでどうしたら、いいのか教えてください」

すると、国語の水島先生は

「それじゃあね、これをあげるよ。これは教師用の資料だから教科書と一緒に読めば少しは力になるはずだ」

先生がくれた資料には、赤ペンで細かくびっしりと書き込まれていた。私にとっては宝物であり、心強くも感じた。けれども、それをどうやって活用したらいいのか全く分からない。

英語の小林先生は

「それならば、基礎英語というNHKのラジオでやっている番組があるから聴いてみたら。あれがいいと思うなあ」

早速教えてもらった時間にラジオのスイッチを入れる。

「みなさん、こんにちは基礎英語の時間です」

番組が始まった。でも、私が理解できたのは、ここまでだった。それもそのはず、アルファベットも大文字だったらなんとか分かるのだが、小文字となると良く分からない。ましてや、基礎英語自体もかなり進んでいる。たった一度の視聴で挫折してしまった。

勉強がしたいのに、勉強の仕方が分からない。どこからやったらいいのか分からない。もはや、学習というものに接するのが遅過ぎていた。それは自分がいちばん感じている。だれかが教科書を開き
（明日までにＡからＢまで覚えてこい！）

と指示してくれたら、多少厳しくとも死に物狂いで覚えてやる。そういう内に秘めた気持ちだけは負けない。でも、そんなありがたい指示はどこにもない。

ある日、金子先生にきいてみる。

「先生、定時制って、何点とれば受かるのかなあ？」

「ああいうところだから、点数よりもやる気が優先されると思うんだよね。０点じゃなければいいんじゃないかなあ！」

それを聞いて少し安心した。それと同時に、それなら、本当に受かるかもしれないと思った。

高校受験

「とりあえず、一度、模擬試験を受けてみなさい」

という先生のすすめがあった。私もやってみようと思い、受験することになった。

模試の日は初めて普通学級の教室に入れてもらい、みんなと一緒に受験した。自分の机と椅

子を普通学級の教室の後ろに持ち込んだ。ただですら、人でぎゅうぎゅうの教室は、私が加わると後ろは直ぐ壁で人が通れなくなった。私はそんな教室に入り、人の多さ、そのがさつで素早い動作、その声の大きさ、一つ一つに圧倒されてしまう。模試も大切ではあるが、この9年間こんな雰囲気を感じることなく毎日を過ごしてきた私にとって、どのように表現しても伝えきれない。江戸時代の寺子屋から現代にタイムマシーンで来てしまった気分である。

模擬試験直前になるとみんな席につき静かになった。それまでのざわめきが嘘のようである。試験に臨むと、問題用紙と解答用紙がそれぞれ配られた。解答用紙に記入する形式は初めてであるが、意外にとまどいはない。むしろ試験の問題が読めないことに困った。とにかく、理解できそうな問いを探す。探し当てた問いについて必死の思いで考えた。この時の国語の問いに

「文中、里へ出す。とあるがどのような意味か次の中から選べ」

とあった。私はこの問いに、半分以上の時間かけたことを記憶している。言いかえれば、この問題くらいしか問題の意味が理解できなかった。この問いには、難しい漢字が入っていないからである。私の試験は理解できそうな問いを探すことが難しかった。結果としては各教科とも0点だけはまぬがれた。

いよいよ受験票が渡される日が来た。全校生徒を体育館に集合させ、集会が行われた。終了後、

「続きまして、公立高校を受験するひとは、その場に残りなさい」

と放送がながれた。当然私もそこに残る。残った者が、列をつくり始めた。私はできた列の後ろについた。すると、次に志望校別に並べという指示が出る。その指示をうけ、集団が形成されていく。

「木更津東高、木更津東高定時制」

学校名が呼ばれ、木更津東高の列ができた。その列の最後尾についた。すると、私の前に並んでいた女子たち数人が、なにやらひそひそと話しはじめた。その中で大野さんという子が後ろを振り向き、

「ねえねえ、由和君、ここに残っている人たちは高校を受験する人だけなんだよ。受けない人は帰っていいんだよ」

大野さんは親切に教えてくれた。ただ、私からすれば、私がここに残っていれば、きっと話題になるだろうな、どこの高校を受けるのか聞かれるだろうな。などと思っていた。だから、大野さんの話は親切と受けつつ、やっぱりなあと思った。一瞬の間を置き、大野さんは閃いたという感じで

「えっ！　もしかして、高校受けるの？」

予想の反応に黙り込む、すると数人が口を合わせて

「どこを受けるの？」

とさらに、予想を裏切らない。ただ、この質問に私が答える間はなかった。放送が流れたからだ。

「今から受験票を渡します。各高校ごとに、氏名と受験番号を読み上げるので、間違いがあったら手を上げなさい」

そして、私に渡された受験票には、受験番号２０１５と書かれていた。担当の神子先生による受験票の読み上げが始まった。

「木更津東高、定時制普通科、ミキヨシカズ、ニセンとんでジュウゴ」

間違いなかった。木更津東高校は全日制は女子高、定時制は共学である。読み上げが終わると大貫中から定時制を受験するのは、私しかいなかった。

この後引き続き、笹生先生により受験の注意を受けた。

「問題を開く前に必ず深呼吸をしなさい。そのあと心の中で、よしっ！　と言ってから問題にかかること。もしaにするかbにするか迷ったら、最初に決めた方を選びなさい。第一印象はだいたい正しい」

などと指導をしてくれた。

あっという間に受験日はやってきた。受験しようと決めた日から2月位の時間が流れた。けれど、その時間を活かすことはできなかった。学力的に見れば何もできなかった。もうここまで来てしまったら、当たって砕けろの精神である。

受験日は非常に寒かった。１日目に国語、理科、社会を行い、２日目に英語、数学と２日間で5教科が行われた。この2日間、金子先生が付き添ってくれた。

昼食は大きな部屋で食べた。そこは正心ホールと書かれていて、大きな食堂のようである。全日制が女子高ということもあり、周りは女の子ばかりである。それにしても、女の子というのはよくしゃべる。私には話す相手がいないからなおさらそう思う。

とにかく初日の3教科が終わった。試験は難しかったが、0点ではなかったはず。それだけでも私にとっては唯一の救いだった。

2日目、数学は最初の1、2問は引き算、掛け算だったので確実に手応えがあった。そして、最後の英語に臨んだ。英語には記号を選ぶ問題が多く出題されていた。でも全く分からない。今度こそ0点かもしれない。試験が終わったとき、これまでの緊張がいっきに消えた。と同時に不合格かもしれないという思いで押しつぶされそうになる。

帰りの電車の中で落ち込んでいる私に金子先生がねぎらいの言葉を声をかけてくれた。

「でもね、三木君。全部正解するのも難しいけれど、全部はずすのも難しいからね」

さらに金子先生はこう続けた。

「でも三木君、仮に合格しても行かないんでしょ！」

確かに、仮に合格したとしても親を説得するという仕事が待っていることを忘れかけていた。それでもいい、今は合格して欲しい。奇跡が起こって欲しい。数日後、定時制には二次募集のあることを知る。私は二次募集だろうが、三次募集だろうが可能な限り受け続けようと決心した。

試験が終わると、私はそれまで張り詰めていた緊張感から解放された。結果が発表される日は、学校に向う足が重く感じられた。その日の4時間目の授業、金子先生が習字道具を抱え教室へ入ってきた。先生は教室に入るなり、いつもの調子で、いつもの表情で

「三木君！　合格だって」

そして、先生からも、周りにいた一夫君、二三夫君からも

「三木君おめでとう！」

と声をかけてもらった。

「ありがとう！」

そう答えながらも、よく受かったものだと自分でも思う。

家に帰りさっそく母に報告する。

「かあちゃん、定時制受かったよ！」

母は他人事のように

「おうっ、受かったか！」

本意は抱き合うほど、嬉しいはずの親子であるが、あえて他人事を装う。これぞ、私が育った環境である。だから私には母の気持ちが良く分かる。

「そんで（それで）」

「そんでって？」

「おっサー（そうさ）そんでいぎてんっか？（行きたいのか？）」

「うん、いぎてぇ」

「だったら、行かせてくださいだろうが」

「あー、行かせてください」

「お願いしますは？」

「お願いします」

少し荒っぽいと感じるかもしれないが、母の温かい誘導尋問である。

翌日、学校に行くと、金子先生から職員室での話を聞かされる。

「三木君、さっき音楽の秦先生がね、『三木君よく受かったね。何かしたの？』って言うからね。『いいえ、とくに何もしていませんよ』と答えたんだけどね」

そういう見方も、あるということも学んだエピソードである。

一方、県立木更津東高校では、私の入学をめぐって議論がなされたという。これは社会人になってから聞かされた話である。入学判定会議でのこと。話は私に及ぶと

「脳性小児麻痺というが、どの程度の障害なのだろうか？」

「一人で電車に乗ったり、きっぷを買ったりできるのか？」

「食事は一人でできるの？」

「階段の上り下りだってあるのに、大丈夫なんですかねえ！」

出てくる発言は、どれをとっても否定的なものばかりである。これらのやり取りをいらいらしながら聞いていたのだろう、一人の若い男性教師が発言する。高橋清行先生である。

「そんなのは、やらせてみなけりゃ分からんでしょ！　本人がやりたいと思っているのだから。やって見て、できなかったら、きっと自分から辞めていくでしょ」

私はこの発言によって救われたのだった。入学後も、その後の人生おいても、高橋清行先生との出会いは、私にとって最重要なものとなった。

それまでの、私の人生を変えてくれた発言をあげるなら、二つある。

一つは、施設に行こうとしないで、欅の大黒柱にしがみつく私に対し、父が放った言葉「そんなに嫌なら、行かなくていい！」

この言葉がなければ、私は施設から千葉市の養護学校へ進んでいたに違いない。そこではきっといじめられもせず、ただただ穏やかな人生であったろう。ただ、それが私にとって幸せな生活であったとは思えない。

二つ目は、この高橋先生の発言である。

「本人がやりたいと思っているのだから」

私に挑戦する機会を与えてくれた。この二つの言葉に、いまとても感謝している。

私は9年間の義務教育を特殊学級という形でこのように終えた。それは、私に更なる障害を背負わせた。私は身体的に障害があるから、特殊教育を受けた。障害があっても社会に適用できる力をつけることが大切であろうと考える。だが、義務教育の9年間の結果は身体的な障害に加え、学力、社会性という点においても障害を負ってしまった。この後、とくに学力的な障害は、私を苦しめることになる。

期待と不安の高校生活

入学式の日、母と一緒に向かった。受付をしていたのは、若い男女である。この二人の先生との出会いが、私の人生にとって、大きな力となっていくことをこの時の私は知りえない。

木更津東高校定時制は、私にとって衝撃的なことの連続である。まず、校門を入ると昇降口で先輩たちが挨拶をしてくれる。おはようでもなく、こんにちはでもない。こんばんはという挨拶である。なるほど、確かに違いない。あっちこっちから聞こえる、こんばんは、の挨拶に少し違和感を感じる。

服装は基本的に、女子はセーラー服、男子は学ランである。けれども、年配者などはスーツ姿の人もいる。とび職や大工さんなどの職人は着替えが間に合わず、仕事着のままの人もいる。何より驚いたのは、自衛隊員だった。教室に入ると兵隊さんが着席している。かと思えば、頭はリーゼントにボンタンやドカンを履き長ランできめた集団もいる。そして彼らは先生の目につかない場所を見つけてはそこで煙草を吸うのだ。自動車やバイクの整備士もいる。販売店の売り子さんや看護婦さんといったさまざまな職業の人、さまざまな年齢層の人がいる。

職場での失敗談や。不平不満といった話題が教室に飛び交っている。そんななか、私だけが仕事を持っていない。みんなの話を聞きながら、活動していない罪悪感やら、自分に対する情けなさ、社会へ出ることの恐怖心、いろいろな感情が私の中で葛藤する。

（俺だって仕事さえあれば一生懸命やってみせる）

などと、生意気なことを考える。その反面、中学校の時にあれほど必死になっても就職にいたらなかった思いが甦る。それでもいつかは、きっと仕事ができる。そんな保証のない思いが自分を支えていた。

私にはもう一つの悩みがある。学力という大きな壁である。就職どころではない。進級はおろか、学校を退学になってしまうのではないかという恐怖心があった。アルファベットがわからない、漢字が読めない、書けない。本などというものは読んだことがないので引っかかってしまう。読んでいるうちに、自分がいまどこを読んでいたかわからなくなってしまう。特殊教育による低学力という二次障害は中学校卒業と同時に容赦なく襲いかかってきた。思い悩んだ末、担任の永島田先生に相談することにした。

「先生、俺ね、漢字読めないし。本なんか読んだことないから、つっかえてしまってどうしても読めないんです。だから、授業中はいつ指されるか怖くてビクビクしているんです」

永島田先生は私の話をただ黙って聞いていた。ひと通り私が話し終えると。

「わかった。各先生方には私から読まなくても済むように頼んでおくから。それでいいだろう」

とあっさり言うのである。それ以降、確かに私が指されることはなくなった。

私は教室の窓側の一番前に座る。視力が弱いため、黒板の文字がよく見えないということもあったのだが、それだけではなかった。何とかして、先生の言っていることを全て吸収したいという気持ちの現れでもあった。けれども、いくら気合いを入れても、前の席にいても解らないものは解らない。

毎日、窓から夕陽が沈み、だんだん暗くなって行くさまがこの上なく心細く感じる。1時間目授業が終わる頃にはすっかり夜になっている。とりわけ英語の授業は全く解らない。先生が何を言っているのか、今どこを読んでいるのか理解できないのである。そんな日が1月半も続いたのだった。

入学から1月も経った頃、同じ方向に帰る友達ができた。安倍と鶴岡である。二人と同じクラスで、必ず同じ電車で帰る。各駅停車で木更津から彼らは二つ目の駅で降り、私は三つ目で降りる。安倍と鶴岡の二人は同じ中学校の出身で就職先も同じだった。木更津の印刷屋さんである。そんな彼らにいつも英語の質問をするのだった。質問といってもたいしたものではない。いつからアルファベット覚えたか？　大文字と小文字の違いは何なのか？　単語って何なの？　彼らからすれば当たり前のことなのに、私にとってはすべてが疑問だらけの毎日である。

中間テスト

そんな風に授業についていけない日々が続いた。あっという間に、入学後初めての中間テストを迎えてしまった。何をどうしていいかわからない。それでも、学校に行く。入学試験のときに、金子先生から言われた言葉を思い出す。

「三木君、テストはね、１００点をとるのも難しいけど、全問間違えるのもなかなか難しいからー」

そうだ。その言葉に背中を押されて、重い足を学校に運ぶ。テストは1週間程続いた。でも、自分の感触では0点はなかった。そして、テスト最終日を迎える。いよいよ。英語のテストだ。テスト用紙が配られた。テスト開始の合図で、伏せてあるテスト用紙を開く。すると、見た瞬間、だめかもしれない、そう思った。なぜならば、問題用紙に書かれている文字が、問い以外すべて横文字だ。冷や汗が流れる。それでも、選択問題をいくつか見つけ出した。考えても、考えてもわからない、どのように接続詞を選んだか全く覚えていない。全ての試験が終わった。

翌週、各教科の解答用紙が戻ってくる。一番点数が良かったのは、社会の35点と記憶している。とりあえず、0点はない。安堵していると、最後に英語の解答用紙が戻された。先生から名前を呼ばれ、もらいに前に行く。

「三木」

返事をして、英語の山沢先生に歩み寄ると私にテストを渡しながら先生がキラッと私の顔を見た。机に戻り点数を確かめる。ついにとってしまった。0点である。情けなさと、口惜しさと、これからの不安が一気に押し寄せてきた。帰りの電車の中で、山沢先生が私の顔を見たのは
「この子、この先大丈夫かなあ?」

きっと、そう思ったに違いない。そんなことを考えながら帰宅した。

翌週も翌々週も英語の0点が頭から離れない。安倍と鶴岡に相談してみた。すると鶴岡が、いい情報をくれた。鶴岡のお兄さんが同じ学校の先輩で英語も山沢先生が担当していた。

「だいたいさー、三木、なんであんな英語できねんだよ。だって、あの先生さあ~教科書のエクササイズからしか出さないいんだから、それだけやっとけばいいんだよ。うちの兄貴も言っていた」

と言われでも、そのエククサイズがなんだかわからない。

「エクスサイズって何?」

「お前、それもわかんねえのか? 教科書の後ろにのってんだろう。あれだけやっとけばいいんだよ。それと、エクスサイズじゃなくてエクササイズだからな。スじゃなくてサだからな」

「うん、わかった」

帰宅すると、早速英語の教科書を確かめてみる。でも鶴岡が言っていたエクササイズが見つからない。何度も何度も見返すうちに2、3時間が経過した。そしてついに、それらしく書かれたページを見つけた。

「EXERCISE」

とページの上に書いてある。その下にはいくつか問題らしきものが書かれていて、所々が空欄になっている。おそらくこれが鶴岡が教えてくれたエクササイズに違いない。だが、確信がない。EXERCISこれがなぜエクササイズと読むのか、どうしても解らない。考えていてもしょうがないので、翌日、鶴岡に聞いてみることにした。いつものように、帰りの電車の中で教科書を開きながら鶴岡に質問する。

「昨日言っていたエクササイズはこれのこと？」

「あ、そうそうこれこれ」

「これってさあ、なんでエクササイズと読むの？」

鶴岡は少し怒ったような口調で。

「そんなの知るかよ。だいたいローマ字とは違うんだから」

「えっ、ローマ字と英語と違うの？」

鶴岡は少しあきれ果てた顔で、

「当たり前じゃないかよ。だから、それはそういうものだとして、つべこべ言わずに覚えるしかねえんだよ」

「わかった」

なるほど。みんなそうやって覚えてきたんだ。そう感心した。同時に、英語においては三年間、その他の教科においても九年間のハンディキャップがあることを実感した。

邦子先生との個人授業

いま思い返してみると、中間テストも終わり梅雨のはしりの頃だったと思う。雨に打たれながら、とぼどぼと安倍、鶴岡の後ろを駅に向かって歩いていた。今日も何とか授業が終わったものの、進級するための糸口が見つからない。このままでは、退学になってしまう。それは本意ではない。そんなことを考えながら駅に向かっていた。ダイエーとマクドナルドの間にさしかかったとき、背後から左の肩をポンと叩かれた。

「元気ないぞ。どうした？」

社会の邦子先生だった。邦子先生は私のうつむき加減の顔を覗き込み、

「どうした？」

とちょっと心配そうに優しい口調で聞いてきた。

「あのね、俺勉強分からないんだよ。どうしていいか、分からない」

すると、その会話をとなりで聞いていた安倍が

「だって、こいつ毎日うるさいんだよ。いつも勉強の話しかしないんだもん」

と普段の様子を伝えてくれた。それを聞くと、邦子先生は左肩に手を置き、

「私さ、夕方４時には学校に来てるからそのぐらいの時間に来れる？」

こっくり、うなずく私に、

「じゃあ、職員室においで、待ってるからね。気をつけてお帰りよ。おやすみ」

と言うと足早に、駅の階段を駆け上った。

翌日、私は約束通り４時頃学校に着くと一目散に職員室に向かった。その時間はまだ全日制の女子生徒がほとんど残っている。その女子校の中に、私は一人で飛び込んで行かなくてはならない。さすがに足がすくむ。何とも恥ずかしい。全日制の生徒も私の姿を見ると振り返る。だが、そんなことにかまっている場合ではない。そう自分に言い聞かせる。すると、もう一人の私がそうだよなあ、と我に返る。

職員室の前まで行くと扉は開いていた。

「失礼します」

一礼して中に入ると、数人の先生がいた。邦子先生は、私を見ると、直ぐに小走りに私の前に来てくれた。

「よく来たね。ここでは勉強できないからこっちへおいで」

そう言うと、私を職員室の廊下を隔てた前の部屋に案内した。その部屋はちょうど、職員室と同じぐらいの広さである。木製の長机が、いくつも並んでいる。そして、部屋の隅には大きなテレビが一台備え付けられていた。先生は出入り口から最も近い席に座るよう、私を促した。

そして私の向かいに座ると

「何が一番わからないの？」

と訊いた。私は
「英語」

と即答したが、それだけではいけないと思い。特殊学級の話を、だらだらと吐き出したことを覚えている。私の話を一通り聞き終えると、先生は大きくうなずき、小さなため息を一ついた。そして、私の手をしっかりと握る。

「大変だったね。でももう大丈夫だよ。一緒にやっていこう」

そう言うと、ノートと鉛筆を出すように指示をした。言われた通りノートと鉛筆を出すと、

「ここに、大文字のアルファベット書いてごらん」

「全部が書けない。それに順番もわからない」

「分からなくてもいいよ。私が言うからね。まず、Ａ」

私は書くのが遅いので。

「うん、わかった。ちょっと待ってて」

と無意識に口癖のように言う。それに対し
「分かった。待っているから」

その会話が、というか、セリフが何度も何度も繰り返される。同じように、今度は子文字を書いていく。２時間程かかり、ようやくアルファベットの大文字と小文字が完成した。

「これを明日まで二回ずつ書いてください。もう時間だから、教室にお行きなさい。明日も待っているからね」

教室に向かった。教室はいつもと変わらない。みんな職場の愚痴を言い合っている。そして、いつものように授業が終わり家に帰る。そんな高校生活が軌道に乗り始めた。ある日のこと、邦子先生から

「はい、これ。お前にプレゼント。開いてごらん」

「ありがとう」

と言って開けて見た。それは、中学一年生の英語の問題集だった。フロンティアとか書いてある。それを使って、邦子先生との個人授業は、それから4年間卒業式当日までずっと続いた。

定時制の仲間たち

木更津東高校の定時制は普通科と商業科が設置されていた。普通科はA組とB組の2クラス、商業科はC組の1クラスのみである。ちなみに、私は1年A組である。入学時の人数は普通科で1クラス30人程、商業科で10人前後であったと記憶している。この人数も夏休み明けには半分になってしまう、と入学式のとき、指導部の高木先生から聞かされていた。本当にその通りだった。夏休みが終わると、10人以上の仲間がいなくなっていた。

たとえば、鷲谷君の場合には経済的なものであった。鷲谷家は学校のすぐ近くにあったラー

メン屋さんである。昼間はラーメン屋さんを手伝い、夜は定時制に来ていた。まだ小学生の兄弟がいて生活も大変だと聞いている。夏休み中のある日、お父さんの具合が悪くなって、お店に出られなくなった。鷲谷君はお父さんの代りにお店を守るため学校に行けなくなった。

　みんなそれぞれの事情で、学校をやめて行った。そんななかでもリージェントを決めボンタン、長ラン、スタイルのツッパリグループは頑張っていた。彼らのリーダー格は鈴木君である。鈴木君は背が高く、そばによるとタバコとシンナーの匂いがする。クラスの中ではこの突っ張りグループにはみんな寄り付かない。それが自然に掟となっていった。ところが、なぜだか鈴木君は私に寄ってくる。正直あまり話したくないのだが、私の隣の席に座っては話しかけてくる。

「おい、三木。お前、俺のこと嫌ってんだろう?」

「そんなことないよ」

「そうかな、そんなふうには見えねえなー」

そんなある日、邦子先生の地理の授業中のこと、隣にいた鈴木君に対し、先生は教壇から
「おい、三木は私の弟分なんだから手出したら承知しないからね」

「えー、俺、何もしてねえよ。なんでそんなこと言われなくちゃいけないんだ」

と言い返していた。その後も、彼はたびたび私と同じ電車に乗って帰った。

「どこまで帰るの?」

そう尋ねると

「俺、千倉なんだよ。三木は大貫だから近くていいよなあ〜」

とつぶやくように言う。訊けば、千倉まで木更津から1時間半かかるという。それを聞いて大変な思いをしているんだなあと感じた。そして、同時にこのリーゼントの不良がなんだか頼もしく見えた。それ以後もたびたび電車の中に現れた。だが、不思議なことに安倍と鶴岡がいるときには姿を見せない。同じ電車に乗っているはずなのに、二人が降りるとどこからともなく現れるのである。ある日の授業前のことである。教室のいつもの席に座り、授業が始まるのを待っていた。そこへいつものように鈴木が現れた。ふらふらと疲れ切っているような表情でいつものように私の横に座った。すると、思いがけない話をしはじめた。

「三木、俺学校やめる」

「えー、何で？」

驚いて訊き返す私に対し、

「だって、つまんないんだもん」

「やめなくてもいいだろう」

そう言う私に

「もう無理だよ。だって、さっき退学届を出してきたんだから。ただよ、お前だけにはよ、言っておこうと思って来ただけだ。じゃあな、元気でな」

そう言うと彼は席を立った。それ以後、私は彼の姿を見ていない。

このように、一人減り二人減り、とうとう気付いて見たら入学時の半分になっていた。

かっちゃんについても話しておこう。

かっちゃんもリーゼントにボンタンといったスタイルである。よくいる不良である。でも一般的な不良とはちょっと違う。周りにいる不良どもが、かっちゃんにだけはなぜだか頭が上がらない。かっちゃんと呼ぶことが出来るのはごく一部の格上の不良か全く関係のない怖いもの知らずである。それ以外の人たちは鴨野さんと呼ぶのが普通であった。そんななか、私はというと、怖いもの知らずで親しみを込めてかっちゃんと呼ぶ。

かっちゃんのいる所には必ず数人の不良がついている。いつも廊下でたむろしていた。そして、私が廊下を通るときに、必ずかっちゃんが私の前に歩み寄り、通せん坊をするのである。右へ行こうとしても、左へ行こうとしても前に立ちふさがる。

「みき」

とドスのきいた声で言うと、顔を斜め下に向け、ペッと唾を吐くしぐさをする。顔を見上げると、目と目が合う。すると、ニコニコと笑うので、私もつられて笑ってしまう。そんな不思議なコミュニケーションによって、私とかっちゃんの人間関係はできていった。

かっちゃんは頭の切れる人である。勉強も良くできる。噂によれば、木更津の国立高専を中退して定時制に来たらしい。だからとくに英語や数学の成績は素晴らしい。そんなかっちゃん

であるが、元から同学年ではなく留年をして私たちと同級生になった。修学旅行に行ったときのこと。彼は私に、

「三木、俺は三回修学旅行に来ているんだ」

と自慢そうに話をしていた。私は留年とは恥ずかしいものだと思っていたが、彼の話を聞いて、少し考え方が変ったような気がする。　留年を楽しんでいる、そんな彼の人間性に触れ、なぜ彼らが慕われるのかわかる気がした。

そんなかっちゃんの仕事はスナックのチーフであった。従って、授業が終わりみんな家に帰る頃、かっちゃんの仕事が始まる。完全に昼夜逆転の生活である。そんな生活を繰り返すかっちゃんにとっては、学校に来ることだけでも大変だったに違いない。でも、かっちゃんは頑張っていた。また留年したが無事に卒業し、独立して木更津に「かっちゃん」というパブスナックを開店させた。

ノートを借りる

高校生活の中で私には、どうしても、できないことが幾つかあった。その一つとして、授業中のノートを取るという作業である。ただでさえ、わからない授業である。ノートは命そのものだった。家に帰ると必ずその日のノートを確認する。そしてもう一つ、ノートをつくるのだ。時には夜通しかかることもあった。途中眠くなりながらも、みんな仕事をしながらやっている

んだよなあ。そう思うたびに申し訳ないやら、情けないやら、いろいろな感情が込み上げてくる。だからせめて、ノートぐらいは整理できないと申し訳ない。

そんな気持ちで授業に臨む。だが、残念なことにその決意も授業開始から数分で崩れるのである。先生の板書を追いかけてノートをとるのだが、どんどん引き離されてしまう。一生懸命追いかけようとするのだが、懸命になればなるほど全身に力が入り、動きが悪くなる。脳性小児麻痺の特徴である。そして、その力はどんどん強くなり、鉛筆の芯が何本も何本も折れた。そのうちに、板書は無情にも消されてしまうのだ。気を取り直し。次の板書へと意識を集中させる。ノートを取ることに気を取られ、先生の説明を聞いていられない。家に帰ってノートを見返す。間が空いてしまって、何のことかよくわからない。たしか、先生はこう言っていたような気がする。けれども、その先生の話でさえも中途半端に聞いているので確実ではない。

そこで、私はある技を身につけることになる。同じクラスの女子生徒に、

「ねえ、ノート貸してくれない？　お願いします」

なんとなくお願いしやすい。大橋さんに声をかける。すると

「いいよ！」

以外にも、あっさりと貸してくれた。家に帰り、借りたノートを確認するため、開いてみた。そこには、几帳面に小さな文字でびっしりと書かれていた。それを見た瞬間、

「すごい！」

と思わず一人つぶやいた。感心している場合ではなく、それを自分のノートに写す作業をしなければならない。その作業だけでも2時間はかかった。快く貸してくれた大橋さんのためにも、どうしても、明日返さなくてはならない。そうしなければ、彼女が勉強できなくなってしまう。そんな思いでノートを写した。やがて大橋さんだけではなく、佐々木さんや安藤さんも貸してくれるようになった。私は自分の中でローテーションを組んでノートを借りていた。

高橋先生の社会や馬場先生の国語などは特に板書の多い授業だった。そんなある日

「三木君、この授業書けなかったでしょう。どうぞ」

とノートを差し出し貸してくれた。

「ありがとう」

そう言ってノートを受け取る。そんな日常が繰り返されるようになった。今になって考えるとすごいことである。障害ある自分がクラスにいるだけで、自然にインクルーシブ教育が実践できていたことに気づかされる。そんな同級生の支えもあり、私は進級できた。

力が入りすぎて何本も芯を折ってしまう鉛筆は使わずに、ボールペンに切り替えた。これで芯を心配する必要はなくなった。

第2章　いろいろな体験、そしてさまざまな人との出会い

拓大紅陵高校の博

ある日曜日だった。小、中学校と特殊学級の同級生安田一夫君が自転車で遊びに来た。家から庭を見ると、もう一人知らない青年がいた。色の浅黒い青年である。

「こんにちは」と挨拶をすると
「あ、こんちは」と返してくれた。名前は白石博君といい、同じ大貫中学校出身でバレーボール部に所属していたと言うのだが、私にははっきり印象がない。これ以後、彼はしょっちゅう私の前に現れるようになった。駅のベンチで、電車を待っていると隣に座ってくる。

「こんにちは、今から学校行くの？」

「うん、そうだよ！」

「俺は今、帰ってきたんだ。帰りは何時頃になるの？」

「最終一本前だから、９時半ごろかな」

「へえ、大変だね。気を付けて行きなよ。じゃあまた」

と別れる。すると、ときどき大貫駅の改札口で待っているのである。

「博、こんな夜遅くに家の人が心配しないか？」

「大丈夫だよ。ラーメン食べて帰らないか？」

「ああ、まあいいけど」

と言うと、大貫駅前に毎晩現れる。一平ラーメンと呼ばれる屋台に入った。あっさりとした醤油味で、その美味しさは評判だった。二人でラーメンを食べて帰る。ただそれだけであるが、何ともいえない幸せな気分になれた。私はだんだん博に魅かれていくのを感じる。彼とは日曜日になると会うようになった。

博は私に女の子をナンパしようと言い出した。私はそんなことがうまく行くわけがないし、私自身がそんなタイプの人間ではない。それに私には小学生の頃から憧れていた榎本純子さんと言うアイドルがいた。それでも、彼は私にナンパをすすめた。私にはせっかく友達になった博を失いたくないという気持ちもあった。結局、博に押し切られる形で、日曜日に木更津の街中でガールハントする約束に至った。

実行日当日の朝、私と博は大貫駅で待ち合わせをし、木更津に向かった。そして、木更津に着くと喫茶店で打ち合わせをした。

「いいかあ～。まず、一人でいる女の子を見つけるんだ。そうしたら、その女の子にそっと近づくんだ。周りの人に気づかれないように声を掛ける」

「ええ、どうやって？　何て？　今日はいい天気ですねとか？」

「だからね。そんなんじゃなくて。もっと軽く、ストレートに言えばいいんだよ」

「どうやって？」

「まずは、こっちが緊張していると相手が緊張するから、緊張しないように」

「それはそうかもしれないけど、博、そりゃ無理だ」

「じゃあ、度胸をつけるしかない。お前には度胸がないんだよ。付き合ってくださいとか、お友達になってくださいとか言ってみな。ダメでもともとなんだから」

「そうか、その二つなら、付き合ってくださいでいくか。だって、セリフが短そうだ」

私は気が進まなかったが、とりあえずやってみようと思った。そして1時間ぐらい探したろうか?やっとターゲットを見つけた。博の言う通り、一人で買い物をしていた。そっと背後から近づき、横に並んで少しずつ距離を縮めて行く。声をかけようと思っても声が出ない。緊張のあまり、足がガタガタと揺れているのが自分でもわかった。

「あの」

「はい」

突然に声をかけられ、驚いたように振り向く彼女に、

「あの～、僕と付き合ってください」

ついに言えた。すると彼女は顔を赤くして
「私、彼氏いるから」

と即答。私は私で、

「あ、そうですか。どうもすいませんでした」

と頭を下げ、様子を伺っていた博のほうへ向かう。やっぱり、そうなるよな。と思いながら、セリフを言えて、やりきったという安心感、断られて良かったという安心感、彼女に対する罪悪感、それとちょっぴり残念な気持ちが私の中で複雑に絡み合っていた。

一部始終を見守っていた博は
「まあ、あんなもんだろう。次に行くぞ」

おいおい、まだやるんかい?と思ったが、乗りかかった船だ。やって見るかと気持ちを切り替える。けれども二度三度と試みても結果は同じで、恥を繰り返す。すると、博は自転車置場となっている狭い路地に私を連れて行った。真剣な顔をし、うつむき加減で静かに話し始める。

「あのさ、もう俺たち付き合いをやめにしないか？　もう、これ以上付き合っていてもお互いに良くないだろう」

私はこの言葉に腹がたった。次の瞬間、思わず博の胸ぐらを掴み顔を寄せ、ありったけの大声で
「ふざけるな！　俺だって、こんなことしたくないんだ。だけどさ、お前がやろうって言う

からやったんだ。何でだと思う？　大事な友達だからだよ」
そう言い終えると博から手を離した。博は意外にも無言で私の言葉を聞いていた。その後も互いに言葉が少なくなった。後に博はこの時のことについて
「あのときはよ。この野郎は俺の周りにはいない人間だ。骨がある。そう思った」
と私に語ってくれた。

未成年で飲酒

7月20日頃のことである。博と富津の花火大会に行こうという話になった。私はあんなに間近で花火を見るのは初めてだった。花火のド迫力に圧倒されつつ、火の粉が落ちてきたらどうしようかと不安だった。

花火が終わり、博は私を君津のスナックに連れて行った。お店の看板にはひらがなで、ゆきずりと書かれた文字が蛍光灯によって浮き上がって見える。私は博に促され、店内に入った。店内は薄暗く、カウンター席とボックス席が二つ程のお店である。私と博はカウンター席についた。カウンター内に4、50代の女性店主がいて迎えてくれた。

「あら、博くんいらっしゃい。お友達も連れて来てくれたの」

と言いながら。おしぼりを手渡してくれた。

「今日はどうしたの？」

「今日はね、富津の花火大会行ってきたんだよ」

「それはよかったね。きれいだったでしょ。ところで、何する？」

「うん、とりあえずビールかな」

「そちらの方も？」

そう私に問いかけてきた。

「はい、それでお願いします」

そう答えると。ビール瓶一本とグラスを二つ用意してくれた。すると、博は
「俺がビールを注ぐから、グラスを持って少し斜めに傾けろ」

言われた通りにすると、博は私のグラスにビールを注ぎ始めた。注ぎながら
「こうやってな、グラスを傾けると泡がたたねんだ」

なるほど、確かにそうである。注ぎ終わると私に
「まだ飲むなよ」

と言うと、今度は自分のグラスに。ビールを注いだ。すると
「よし乾杯だ！」

と私と乾杯をした。

「本当は俺のグラスに注いでもらいたいけど、三木やんは無理だからなあ〜」

とつぶやく。そのとき私は、博にママさんに聞こえないように耳打ちをする。

「博、俺お金持っていないんだよ」

そう言う私の顔を見ながら、微笑みを浮かべ手首をふり
「そんなこと心配するな。俺が持っているから大丈夫だ。少し腹減ったなあ。ラーメンでも喰うか。ママさんラーメン二つお願いします」

二人で注文したラーメンを食べ終わると、おもむろに博は語り始めた。

「俺、紅陵高校辞めたんだ。学校が元々好きじゃないし、ペンキ屋になろうと思ってよ。いい親方なんだけど、失敗すると刷毛が無言で飛んでくるんだ」

「そうか、でも、もったいないなあ〜」

「人にはなあ、いろいろ生き方があるんだらなあ」

まあ、そう言われれば、その通りだ。

「だから、給料もらったばかりで、金はあるから大丈夫だ」

夜11時を過ぎるとお店は店じまいの準備を始める。私たちはその手伝いをした。もう終電もないし、どうやって帰るんだろうな?と思っているとママさんが車で家まで送ってくれた。車でも30分はかかる距離である。このゆきずりのママさんとの付き合いは、その後20年程続くことになる。月末の金曜日になると、博は大貫駅の改札口で私を待っていた。

「おー、呑みに行くぞ」

お店に入り、コークハイを呑み交わしているとママさんが私にそっと耳打ちをする。

「ちょっと、あんたたち、いくら呑んでもいいけど、学生服の上だけ脱ぎなさい。そうすれば、なにやってもいいから」

なるほど、そう言われてみれば、学校帰りだったことに気がついて、慌てて学生服を脱いだ。私も博も考えてみれば、16歳の子どもである。餓鬼の遊びにしては生意気すぎる。でも、博からすれば仕事での疲れやストレスを私に話すことで、それらが軽減していたのだろう。一方私にとっては、タダでいい社会勉強ができた、素晴らしい時間だった。学校でもそうであるが、職場での愚痴を聞くと、ときどき羨ましくなった。

私達は別の店にも、呑みに出かけて行った。店を変えることで何度も失敗をする。つい時間を忘れて呑み続け、気が付くと終電もない。そんな失敗が何回もあった。そんな時どうするのかというと歩いて帰るしかないのだ。3時間ほどかかる真っ暗な道を歩き続けた。ときどき自動車のライトを見るたびに近くの茂みや田んぼに身を隠す。もしパトカーだと職務質問されるからだ。職務質問されたら面倒くさい話になる。未成年での飲酒に加え、真夜中、更には学校帰りである。けれども、幸いなことに捕まったことは一度もなかった。真冬などは店を出るときはいい加減に酔いがまわっている。だが、さすがに冬空の下3時間も歩き続けると、家に帰り着く頃はすっかりシラフ状態に戻っていた。

憧れの就職？

学校では相変わらず、職場での愚痴を話し合っている。呑みに行けば、博が職場の愚痴をこぼす。私はただ黙って、彼らの話を聞くことしかできない。そんなある時、博に

「でもね、嫌なことが多いだろうけど、俺から見たら羨ましい」

「ええっ、こんなに辛いのにか？　まぁ、お金貰えるからな」

「うん、俺、お金はいらないから働かせてもらいたい」

すると、博は笑いながら

「お金は貰わないとダメだよ。みんなそのために働いているんだから。ダメダメ、ただ働きなんてありえない。そんなこと言うのはおめえだけだよ」

と言う。そんな会話から数か月が経った。博は大事な話があると私を呼び出した。

家から生のさつまいもを二つ持ち、近くの砂浜へ向かった。向かう途中、自動販売機で缶コーヒーを買う。砂浜へ到着すると、流木を拾い始める。少し穴を掘り、焚き火をしながら暖を取る。火が落ち着いた頃を見計らい、家から持って来たさつまいもを火の中に放り込む。あとは、焼き芋ができるまで海を見ながら待つ。これが、私と博の天然の喫茶店である。私が海を眺めていると、博が静かな口調で話し始めた。

「三木ヤン、あのさあ、うちのペンキ屋の親方におめえのこと話したんだよー。そしたらさあ、親方が、俺が面倒見てやるからペンキ屋で良かったら連れて来い。そう言ってたと伝えてやっ

てくれ、って言われたんだよ。やるかやらないかは、おめえが決めればいいからさあー」

私はこの願ってもないチャンスに、即答ができなかった。焼き上がった焼き芋を食べ、缶コーヒーを飲みながら、博と親方のやさしさに涙がこぼれ、ちょっとしょっぱい缶コーヒーの味がした。

「博、ありがとう。だけど、少し考えさせてくれ」

「うん、考えてみな」

このとき、博と親方の優しさも嬉しかったが、それ以上に嬉しかったのは、私の言葉を聞いて私を理解してくれた博の存在が嬉しい。いま考えても、彼のように話を聞いて理解してくれる能力を持った人間は、私の人生の中で数人しかいない。

学校に行き、邦子先生に相談してみる。先生はその話を聞くと

「いい話だと思うな。やってみたらいいと思うよ」

そう言うのである。でも、私の中では乗り切れないものがあり、そこに引っかかって外れないままだ。それが何であったのか、今だに、はっきりとした明確な答えが見つからない。ただ、就職というものに対して臆病になっていたように思う。毎日職場の愚痴を聞かされて、普通の人でも大変なのに、自分にできるだろうか？　もちろん、いつかは社会に出なければならない。それがこのタイミングでいいのだろうか？　そんなことを考えていたような気がする。

もう一つは、邦子先生に教わりながら、軌道に乗ってきた学校生活が崩れてしまうような気

がした。私は誰にも言えない野望を持っていた。それは私にとって、とてつもない野望である。いつか大学に進学し、学校の先生になるんだ。でもその夢は、恥ずかしくて誰にも話せない。いま高校生として高等学校に通い、普通の人たちと肩をならべ授業を聞いている自分がいる。この姿こそ夢のまた夢だった。そんな私にとって、大学への進学は口にしたら消えてしまうような気がした。だからそーっと、誰にも言わないで日々の授業に取り組んでいた。

博から話があって、一週間ほど経っただろうか？私はもやもやする心のまま博と会っていた。いつもの天然の喫茶店である。

「博、この前の話なんだけど。俺学校の授業についていけないと困るから、親方に上手に断ってくれ」

博は静かに私の言葉を聞いていた。海を眺めながら話を聞き終わると視線を私に向け

「よし、わかった。俺から親方に言っとくから心配しなくて大丈夫だ」

「ありがとう。よろしく頼むよ」

その後、博は親方に話してくれた。親方はあっさりと

「おっ、そうか」

と答えたが、その背中は寂しそうだったと博は言っていた。

勇造と定吉

ある日のことである。家で勉強していると、庭に人影を発見する。誰だろう？ 窓を開けて確かめて見る。小、中学校の特殊学級で一緒だった勇造と定吉がいる。慌てて庭に出て、二人のそばに行く。

「今日は、久しぶりだな」

二人はニヤニヤと薄い微笑みを浮かべたまま反応がない。反応がないのはいまに始まったことではない。

「どうした？ 何が出るのか？」

この質問を二、三回繰り返す。すると、ようやく、か細い声で言葉を発した。

「仕事ないかなあ」

「ええっ、だって、二人とも藤江木工に行ったよね？」

「あそこは、もう辞めた」

なぜ辞めたの？ 何があって辞めたのか？ あるいは辞めさせられたのか？ 訊こうと思ったが、次の瞬間やめた。それを訊いたところで何も進まないし、答えてくれないかも知れない。

そう思ったからである。

「話はわかった。力になれるように頑張ってみるけど、直ぐには無理だからね」

そう言う私に

「じゃあ、頼むなあ」

と言うと、二人は自転車に乗り帰って行った。それからというもの、この話が私の頭の中から離れない。学校に行ってもそのことばかり考えていた。仕事が見つけられない辛さは人一倍解っている。だから、何とかしてやりたかった。

私は博を電話で呼び出した。困ったときの博頼みである。とはいえ、勇造と定吉の自閉症の症状は言葉で説明し難い。それでも私は博に、できる限り説明した。

「話はわかった。だけど、俺もいまはペンキ屋をやめたんだ」

「え、そんな話聞いてないぞ」

「隠していたわけではないけどな、まだ辞めて間がなかったから。いまは構内の会社で働いている」

博がいう構内とは、新日本製鉄の下請けで巨大な作業現場である。

「俺もまだ現場に慣れていないけど、明日会社に行って聞いてみるよ」

「ありがとう博」

翌日博から返事をもらった。

「今日、社長と話ししたんだよ。そしたら使ってやるって。良かったな。来週から連れて来いって言うからさあ」

「うん、博ありがとう」

私は何度感謝しても感謝しきれない。その反面、勇造と定吉を博に預けて大丈夫だろうか？博への負担は大丈夫だろうか？　今更ながら不安も次々にわいてくる。

日曜日に二人を博に引き合わせた。私は博に、想定できる場面の限りにおいて、二人への対処法を教えた。とにかく、怒らず、質問を変えながら答えを引き出すことが大切だと伝えておいた。

「じゃあ、明日からよろしくね」

と博が言うと、二人が小さくうなずき
「よろしく」

とやっと聞こえる声で答えた。私は二人が、よろしくという言葉を発したことに感動していた。そんなことで?と思えるかもしれないが、勇造と定吉の二人とっては凄いことである。

一週間が経過した。博は疲れはてていた。

勇造と定吉はどうしてる?と私が訊く前から博は話し始めた。

「三木ヤン、二人とも言葉をしゃべらないのは困っちゃう。何聞いてもしゃべらないんだよ」

「仕事はどうだ?」

「仕事は普通にやってる。でもねこの前、仕事中にスーッとどこかへ行っちゃうんだ。慌てて、追いかけ捕まえた。それでどこ行くの?って訊いたけど、答えない。何回も訊くうちにやっと、便所に行くって言うんだよ。俺は自分の仕事もあるし、二人を見てなくちゃいけないし疲れちゃったよ。だけどさ、社長がいい人でなあ、二人の分、弁当作ってくれるんだよ。それを旨そうに喰うんだ」

「ふ〜ん。大事にしてもらってんじゃん」

私は少し安心した。それからまだ一週間が経ち、博は残念そうに話し始めた。

「あのなあ〜。あの二人来なくなっちゃった」

「え、どういうこと?」

「どういうことって? 俺が訊きたいよ。何で来ないのか?突然なんだよな。嫌になっちゃったんじゃねーのか?」

「そうかもなあ〜」

結局、二人はそのまま会社に行くことはなかった。私も博も残念であったが、少しほっとした気がした。

私の母が、

「勇造と定吉は何で来たんだ?」

と訊くので説明すると、うらやましそうに
「親はどんなにか嬉しかっただろう?」

とつぶやいた言葉が私の記憶から消えることはなかった。

浩宮殿下をも教える先生

邦子先生は学習院大学の出身である。そして、昼間はまだ学習院大学の大学院で研究を続けていた。夜は木更津東高校の定時制にやって来て教壇に立っていた。他の先生方より1時間ほど早く着いていたので、私に英語を中心に個人授業をしてくれたのだった。

しかしながら、彼女の専門は英語ではない。専門は日本史である。日本史の中でも、江戸の農業史であった。私も日本史が大好きで、よくNHKの大河ドラマを見ていた。でも私が日本史の本などを開いて見ていると、先生は急に怒り出した。本を取り上げ、

「今はこんなものを見ている場合ではないしょ。英語に集中しなさい」

そう言って、よく叱られた。なんでそんなには怒るのか？　私にはわからなかった。

そんな頃、邦子先生は昭和天皇の孫にあたる浩宮殿下の卒業論文の指導を頼まれた。日中は浩宮殿下を指導し、夕方は私を指導する。そんな毎日だったそう。私は邦子先生に

「ねえねえ、姉上。俺と浩宮殿下とどっちができる？」

少し、考えて

「う〜ん、どっちができるか?分からないけど、お前の方がやる気がある」

そう言うと私の頭を撫でた。こんなやり取りする度、私は邦子先生に対し、ちょっとだけ申し訳ない気持ちになる。なぜならば、私は邦子先生が知らないところで、スナックに出入りし飲酒したり、木更津の街中でナンパしたりと悪いことをしていたからだった。けれどいま考え

ると、それも私という人間を作り上げるために必要だったのかもしれない。

卒業を間近に控えると進路という話になる。私は日本史を勉強したい。と思うようになっていた。それは邦子先生の影響ではなく、純粋に日本史が好きだったからである。いや、邦子先生の影響もあったのかもしれない。担任の馬場先生は私の文章力に注目し、国語を勉強するように勧めた。将来的なことを考えれば、日本史をやってもつぶしがきかない。つぶしがきくように、社会福祉を勉強することも選択肢に加えた方がいいと言う。しかし、私の頭の中は日本史しかなかった。そんなことで悩んでいる頃、邦子先生は私に気持ちを打ち明けてくれた。

「あのね、お前が日本史を勉強したいって思う気持ちは、私だって嬉しいんだよ。でもね、日本史を勉強するためにつぶれていった人を私はたくさん見ている。アルバイトで食いつないで、それでも食べるものがない。乞食のような生活をして、おかゆをすすって生活をしているそんな人もいる。お前にはそんなふうになって欲しくないし、そんな姿を見ていられない」

と話しながら、大粒の涙をこぼす。

私としては、本意ではないが文学部史学科という選択肢を一旦保留した。でも、日本史で教壇に立つと言う夢を持ち続けていた。

弁論大会　差別？

定時制高校には生活体験発表という弁論大会があった。毎年夏休み明けになると、原稿用紙

4～5枚の作文を提出しクラスで代表を決める。代表になると校内で、生活体験発表会を行う。そこで学校代表を決めるのである。学校代表になると次は県大会、そして全国大会へと続く。私は密かに全国大会を狙っていた。

私は障害のこと、特殊学級のこと、邦子先生とのことなどを原稿にぶつけた。その原稿を学校に提出した。ロングホームルームで当時（高2）担任の須藤先生から今年の生活体験発表のクラス代表が発表された。

「はい、それでは今年の生活体験発表の代表者を発表します。石川君にお願いします」

私は代表の座を逃した。全身から血の気が引くような思いで聞いていた。すると、須藤先生は私にその視線を向けて

「三木君のも良くまとまっていて、良かったんだけどね……」

その言葉を聞いて、私の心の中で悔しさが倍増する。いや、三倍、四倍、五倍、百倍と拡大して押し寄せてきた。私はホームルームが終わると一目散で流しに向かった。溢れる涙を水で流す。いくら流しても涙が止まらない。須藤先生のつけ加えた言葉がなければ、もっと素直に受け入れることが出来たのかもしれない。

帰りの電車で一人になりたかったので、いつもと違う車両に乗る。しかし、運悪く大工の清野に見つかってしまった。清野は私の様子に

「どうした！　三木」

と心配そうに声をかけてくれた。

「うん、何でもない」

そう答えるのがやっとである私に
「何でもないわけないだろ。いつもの三木の元気がないんだから」

と優しく心配してくれた。その言葉に。また涙が吹き出してくる。泣きながら説明をすると。

「そっかあ、俺もあれは、おかしいと思ったよ。だけどさあ～、また来年頑張るしかないよ」

「うん」

とうなずく。清野の言う通りである。それしかない。でも､何かが引っかかって取れなかった。

翌日学校に行くと、職員室前の廊下で声をかけられた。

「みき～！」

驚いて振り向くと、高橋清行先生だ。

「三木、元気ねえな。どうした？」

「うん……」

「何か、あったのか？」

「差別だよ！」

清行先生に怒っても仕方がないが、訊かれると、また、怒りが蘇ってくる。

「生活体験発表会のクラス代表を決めるから、ということになったんだ。俺はどうしてもク

ラス代表になりたくて、一生懸命に書いたんだ。それで昨日、ロングホームルームの時間に須藤先生が
『みんなの作文を読ませてもらったけど、大変真面目に書いてあって、とてもよかったと思います。でも、クラス代表は石川君にお願いします』
それはそれでいいんだけど、俺がボツになったということだけだからねえ。でも、それから俺に
『三木君のもよくまとまって、良かったんだよね…。』何でよ、これは？　差別じゃないか？」
すると、清行先生は少し間をおいて
「差別かどうかは分かんねぇけど、その『…』は気に入らないなあ～。でも、やっぱり、その場で『…』と言うのは何ですか？って訊くべきじゃやだったなあ。まあ、頭に来ちゃって、それどころじゃなかったんだろうけど」
さらに、清行先生はこう続けた。
「お前、本当にみんなの前で発表できるのか？」
清行先生はあえて厭味な質問をぶつけてきた。戸惑う私に
「むずかしいと思うだろ？」
「うん、むずかしい！」
「お前が書いたものを他の人が読む、というのでは淋しいよなあ」

「やればできるよ」

「その気持ちが大事だ。でも授業のとき、誰かが先に読んでくれないと読めないことが多いじゃないか」

私は言葉を失った。確かにそうだった。だから授業中の教科書も読んだことがほとんどなかった。清行先生は見逃してはくれなかった。

「そこんとこ、どうする？」

「やるよ、やるっきゃねえ」

「それはそうだ。俺の言っているのは、お前が前に出て発表するときに言葉が出ない、それでもいいのかと言うことだよ！」

「それはよくない」

のちに、清行先生は１９８８年８月発行のご自身の著書『やるっきゃない』の中で、本人（私）が自分の声で発表する上で、言語障害に着目したこと、そして、その言語障害との闘いについて語っている。

「授業中、教科書読むだろう。それで言葉がなかなか出て来ないときあるよな。例えば、『学校』と言う言葉を発する時に『が』が出て来ないでつっかかえてしまうと誰かが『学校』と言う、すると『学校』と出て来るよな。練習するとうまくいくかもしれねえぞ。やるか、ダメだったら別の方法を考えればいいけどな」

「やるやる、来年は絶対出るぞ！」

その翌日から早速、読む練習が始まった。清行先生は世界史を教えていたので、その教科書を使うことにした。私は世界史が少し苦手だった。横文字をカタカナで書いてあって、それがやたらに多い。日本語でも難しいのに。カタカナの文字は非常に読みにくい。例えば、「フィラデルフィアの憲法制定会議」などは何回練習してもうまく言えない。毎日五行ずつ練習する。清行先生が練習場所に選んだのは、コンクリートの非常階段だった。屋根はあるが、夏は暑く、冬はとても寒い。この階段に腰をかけ練習を始める。

「練習してきたか?」

「やったよ」

「よし、それじゃ、やって見ろ！」

練習はしたはずなのに、緊張もあってか、最初の言葉がなかなか出てこない。清行先生が最初の単語だけ言ってくれると、あとはスムーズに出ていった。最初の練習が終わると、あっという間に30分が経過していた。清行先生は言語療法の知識もないので、本当にうまくいくのだろうか?と不安になったと言う。

また、大きな誤算が発覚することになる。それは私が漢字を読めない、ということだった。読めない漢字を辞書など使って調べる。この作業が時に5時間ぐらいかかった。漢字が読めないこととページがめくれないことは数10年経った今でも変わらない。清行先生は

「何時間かかろうが、やるしかないだろう」

「うん、やるっきゃない」

そう答えるのである。でも、時々私は清行先生を裏切った。漢字を調べきれなかったり、練習して行かなかったりしたこともあった。

「よし、今日もやるぞ」

と言う掛け声で、読み始める。一行も読まないうちに清行先生に見抜かれてしまう。一度もばれなかったことはない。

「おい、みき〜！　この野郎。明日は絶対にやって来いよ」

「分かった」

このやりとりが数日続くと、清行先生も我慢の限度を超える。

「この野郎、頭突きだぞ！」

と叫んで頭突きを一発受ける。私と清行先生のコミュニケーションの取り方だった。最初は痛かったが、何度か受けるうちに、私の方が強くなった。頭突きをすると、清行先生は自分の方が痛いのでやらなくなった。ちょっと、寂しい。

やり始めて、3か月が経過した頃、5回練習するとつっかえずに読めるということがわかってきた。3回、4回では、まだ不十分であった。

「とにかく、家で5回練習してくれれば、読めると言うことだからな」

「あぶねえな。練習して来なくてもバレちゃうし、何回練習したかもバレちゃうよ」

と言って、ふたりでゲラゲラと大きな声で笑った。こんな風に毎日階段に座っている私たちが、いったい何をやっていたのか、担任も邦子先生も誰も知らない。その一年間階段に座り続けた結果、何度か練習することによって、読んで発表することができる自信がついた。

清行先生と映画「典子は、今」

高校2年生の秋だったと記憶している。日曜日の朝、電話がかかって来た。眠い目をこすりながら、受話器に耳を傾けた。清行先生からだった。

「あ〜、もしもし。三木か？　おはよう。お前、今日暇か？　もし用がないなら、映画でも見ないか？　木更津まで出て来いよ。どうだ？」

私は即答、行く行くと答え、木更津の改札口に向かった。映画館なんて入ったこともない。わくわくしながら、電車の中で考えた。そういえば、何の映画か聞いてなかった。寅さんかな？などと、あれこれ考えながら向かった。

電車はあっと言う間に木更津駅に到着した。改札口を抜けると、清行先生が待っていた。西口の映画館に向かう。映画館の前まで行くと、清行先生は足を止めてポスターを指さして
「ああ、これだよ、これ。この映画見たかったんだ！」

指をさしたポスターを見ると、【典子は、今】と書かれた一人の女性の顔写真ポスターだっ

た。なんだ！寅さんでも、トラック野郎でもないのかあ。早速チケットを買って映画館へ入る。一瞬真っ暗で何も見えない。しばらくすると、目が慣れてきて、どこの席が空いているのか分かるようになった。当時はまだ、入れ替え制ではなかった。だから、いったん入ってしまえば、何度でも繰り返し見ることも可能だった。自由でいい時代である。中央通路の後ろにちょうど、二人分の席が空いていた。そこに座り、スクリーンに集中する。

映画の内容は、知らない人もいると思うので、簡単に説明しておこう。

主人公は典子と言うサリドマイドの女性、両腕がない。彼女が生まれたとき、病院はお母さんにすぐ彼女を見せなかった。精神的なショックを恐れたからだろう。その後、両親は離婚し、彼女はお母さんに引き取られた。典子が学校に就学するときも、お母さんは苦労した。でも、彼女は普通学級に通う。そして、高校を卒業後、熊本の市役所に就職するという内容である。

彼女は私と同年代である。映画の内容も私は共感できた。清行先生がなぜ私をこの映画に誘ったのか、分かるような気がした。

映画を見た後、喫茶店に入った。そこで映画の感想など話したときの清行先生の言葉が印象的だった。

「三木～！　俺たちは足というものに対してイメージを変えなきゃならないよな」

と言うのである。それを聞いて、私は映画ってこのように観るものなんだと感じた。確かに、彼女にとって足は、足であると同時に手でもある。

この映画は初めて清行先生が誘ってくれたのだが、これ以後もさまざまな場所に誘ってくれた。卒業後も、東京に出てからも、演劇を観に行ったり、太郎次郎社のひと塾、人権と教育など大人になっても誘ってくれている。それら一つ一つが私の人生にとって血となり、肉となっていったことは言うまでもない。

弁論大会（生活体験発表）に再挑戦

昨年度の生活体験発表文を念入りに手直しし、結果クラス代表の候補として選出された。私は3年生になっていた。クラス担任は国語が専門の馬場先生である。このクラスの代表の決め方は、先生が候補者を決め、その候補者の中からみんなで決める、そういう形になった。ロングホームルームを使って、投票で決めた。ついに私はクラス代表の座を勝ち取ることに成功した。

次は校内の選考大会だ。一年間読む練習をして来たことを自信に、私は練習に取り組んだ。そして、選考大会当日を迎えた。会場は昨年度と同じ正心ホールで行われた。正心ホールという場所は、定時制の生徒にとって馴染み深い場所である。始業式、終業式、入学式、そして毎日の給食に至るまで、全校生徒が集える正心ホー

弁論大会での著者

ルで行われた。正心ホールには壇上が設置されていた。４年生の日直当番になると、そこに上がり、給食の時間全校生徒の前で

「いただきます」

「ごちそうさまでした」

と号令をかけることになっている。ちょっと憧れの舞台だった。

会場に入ると、長い垂れ幕が、目に飛び込んで来た。垂れ幕には各クラスの代表者全員の発表するテーマと名前が書かれている。もちろん、私のものもあった。

【全力を尽くして…　三木由和】

と書かれた垂れ幕を見つけると、だんだん緊張して来た。他の人の発表を聞いていると、垂れ幕と相まってその様子が、三島由紀夫の演説のように映る。いよいよ、名前が呼ばれ壇上に上がる。そこからは、まったく記憶にない。気がつくと全てが終わっていた。ただ、拍手だけが聞こえてきた。

審査員席においては、私と自衛隊員の望月さん、難病を抱えて生きる大森あけみさんの三人が僅差だったと、後に鈴木祥男先生が教えてくれた。

余談になるが、大森あけみさんがこの後、帰宅してお母さんに

「お母さん、私、負けちゃった……」

とわんわん号泣したと言うことを卒業後、何年か経ってからお母さんから聞いた。

審査の結果。私はなんとか学校代表の座を勝ち取ることができた。

けれども、ここで安心しているわけにはいかない。次は県大会に向け、さらなる練習が始まった。めざすは全国大会だった。身の程を知らない。ただ勢いだけで、ここまで登って来た。昨年度、流した涙の悔しさ。言語障害への挑戦。冷たいコンクリートの階段で練習した日々。それに付き合ってくれた清行先生への思い。全てが練習への原動力となっている。それに加え、全国大会に出場するとNHK出演できると言う情報も飛び込んできた。それは私の目立とう精神にガソリンを撒き、火をつけた。

それから私は
「やった！　NHKが見えて来た。NHKが近いぞ」

などとNHKを口ぐせのように言い続けた。清行先生が言うように、そうやって自分を鼓舞していたのかも知れない。

練習のほか、何かもっとできることはないだろうか？　もっともっと、アドバイスが欲しい。それができるのは？と考え、担任の馬場先生しかいない。なぜならば、国語の先生だし、なんといっても担任である。ところが馬場先生は出勤時間ぎりぎりにならないと学校に現れない。ここで私のしつこさが発揮される。いつもより早めに家を出て、馬場先生のアパートに押しかける。それを3日ほど続けると、馬場先生は怒った。

「お前、何やってんだよ。自分で練習しろよ」

「じゃあ今度の日曜日は？」

「今度の日曜日はデートだからダメだ」

「デートかあ」

仕方なく諦めるのであるが、馬場先生が本気に怒っても、なぜか私にはその怒りが伝わって来ない。仕方ないので、すぐ近くの清行先生のアパートに向かう。

「馬場先生、怒っちゃったんだよ」

「どうして？」

「しつこいって。デートするんだって。先生じゃないか。担任なのにひどいなあ～」

清行先生に説明すると
「そりゃ、お前がしつこいなあ」

「そうかあ」

アッハッハッハ、アッハッハッハッハと二人で腹を抱えて笑ってしまった。

その日の夜、学校に行き清行先生は馬場先生に事情を訊いてくれた。

「しつこいよ。僕には僕の生活があるんだ。僕なんてね、日曜日はデートの約束があるんだ」

今振り返ると、馬場先生が怒るのも無理はない。10回、20回どころではない。100回は優に超える練習量だった。仕方がない、日曜日の練習は清行先生と矢島先生が付き合ってくれることになった。正心ホールで練習し、カセットテープに録音して、何度も何度も繰り返した。

一人では練習しなかったのか?と思われるかもしれないが、そうではない。学校から帰宅すると、頭に海苔採取用のヘッドライトを付けて暗闇の砂浜に向かう。ここなら、誰もいない。いくら大声を出しても大丈夫だ。視聴者は波のみである。海に向かって
「全力を尽くして……」

と読み始める。けれども、波と風の音で自分の声が遮られ、良く聞こえない。5回ほど練習すると寒くなって体が震えてくる。その翌日も練習したが、結果同じだった。

朝起きて見ると、喉が痛い。声を出して見ると声がかすれる。これはまずい。学校に行く前に、薬局によってのど飴を買う。

学校に着くと、祥男先生から話しかけられる。

「ああ、三木こんばんは」

「祥男先生こんばんは」

祥男先生は驚いた。

「みき〜!　お前、どうしたんだ、その声?」

説明するのもつらい。かすれる声で、絞り出すように説明をした。

「わかった。もう今日は声を出さないほうがいいよ。だってお前、本番まで一週間しかないんだぞ!」

そこに馬場先生も通りかかった。私と祥男先生の姿を見つけると

「どうした！　何かあったのか？」

と訊いて来た。私が話をする前に、祥男先生から
「ああ、馬場さんあのねえ、三木のやつ練習のしすぎで、声が出なくなっちゃったんだって」

「えっ、そりゃ大変だ。まあ、三木らしいと言えば三木らしいけどなあ～。今日は声出すなよ」

みんな、同じことを言う。私を含めて、みんなで笑ったが、もし治らなかったら、どうしよう？と不安な気持ちもあった。ここは一つ、みんなの言うことを聞いて、のど飴をなめて大人しくしていようと思った。おかげさまで３日後には、声が出るようになった。

けれども、この話は一件落着、とはいかなかった。今度は腹痛や下痢が始まった。原因は何だろう？と考えて、思いついたのはのど飴である。のど飴のなめすぎだ。これしかない。いずれにしても、本番まであと３日と迫っている。それでも何とか２日ぐらいで元に戻った。

そして、いよいよ、本番当日を迎える。千葉県定時制、通信制生活体験発表の会場となったのは、千葉県立長生高校の体育館だった。会場に入ると、各学校の発表テーマと発表者名の書かれた垂れ幕がずらりと並んでいた。木更津東高校の監督は担任の馬場先生である。本番直前まで、祥男先生と原稿を読む。馬場先生が直前に声を掛けてくれた。

「ここまで来たら、いつものように思い切りやって来い」

「うん」

とうなずき笑みがこぼれる。あれだけ練習したのだから、暗記はもちろんのこと自信もあっ

た。

「木更津東高等学校、三木由和君」

とアナウンスが流れると同時に舞台中央の演台へと進んだ。演台に、しっかりと握っていた原稿を広げておく。顔を上げて一礼をする。その瞬間だ、今まで経験したことのない強烈な光が私の目を襲った。一瞬、何も見えなくなった。体育館は暗幕で覆われていて、外部の光をも遮断してある。そのため、中は真っ暗だった。その闇の中で、スポットライトを当てられると、光の線しか見えない。私は不安になり、さっきまで一緒にいた馬場先生、祥男先生、清行先生の顔を探ろうとするも全くわからない。もう一つ、私を緊張させたのは、千葉テレビのテレビカメラである。あれほど

「NHKが近づいてきた。NHKだ」

などと言って、NHKを連呼していたのに、たかが千葉テレビごときで緊張するとは、口ほどにもない。情けない。

「全力を尽くして……

千葉県立木更津東高等学校　三木由和

僕は生後七か月の時に風邪を引き、それがもとで、脳性小児まひとなってしまいました。

……」

上々の滑り出しである。このまま行けば、全国大会NHKも夢ではない。しかし、落とし穴

があった。緊張していたせいで、めくったはずの原稿がめくられていなかった。私はすぐ、同じ部分を二回読んだと言うことに気がついた。慌てて、暗記していた文章を頭の中で組み替えた。そこではもう緊張している場合ではなかった。なんとか読み続けることができた。

発表終えて、舞台を降りると馬場先生に

「先生、失敗しちゃった」

と泣きつく。

「終わったことだ。くよくよするな」

といさぎよくそう返してくれた。午後の結果発表まで、お昼ごはん食べようという話になった。長生高校近くの喫茶店に入ったときに祥男先生が、

「でもさ、あれー、審査員にはわからないんじゃないか？　うちらは毎日聞いているから、今の所違うってわかるけど」

すると、清行先生が直ぐに反論した。

「いや、あれはわかる」

午後から結果発表が行われた。結果は2位。あれほど練習したのに、と考えれば考えるほど悔しい。しかし、この千葉県下2位と言う成績は私の一生の財産であり誇りとなっている。おそらく、これが3位であっても4位であっても、きっとそうなっていた。

だって、このことに必死になって取り組み、それに一生懸命に応え、協力をしてくれた先生

方がいたからだ。生活体験発表という大きな目標に向かって、真剣に怒ったり、泣いたり、これ以上笑えないというほど笑った。

不思議な後輩

彼は変わった少年だった。私がいつものように職員室前の会議室で勉強しているとどこからか、すっと現れて私から5ｍほど距離を取った場所に座った。会ったこともない小柄な少年で、すぐに後輩だとわかった。彼は私が見えるように座ると、私を監視するようにじっと見つめていた。見つめているというよりも睨み付けるという感じである。さすがに視線を感じ、気になって時折り私も彼を見ると、まだ睨み付けて座っている。

「こんばんは?」

と声をかけてみた。すると、視線をそらし無言のままである。しばらくして、邦子先生、清行先生、祥男先生が入れ替わりに現れても彼の態度は変わらなかった。翌日も翌々日も彼はやって来た。

少しずつ空気が変わって行くような気がする。でも相変わらず、私を睨み付けている。すると、何やらぶつぶつと独り言のように言い始めた。耳をそばだてて聞いてみる。

「気持ち悪い。気持ち悪りんだよ。わあ、気持ち悪い!」

と気持ち悪いという言葉を連呼するのだ。この手のちょっかいの出し方は小学生の頃から慣れている。だが、高校生になってからは経験がない。久しぶりである。でも、ここでどのような反応したらいいのか分からないし、反応してもあまりいい結果は得られないような気がする。ここは無視を決め込むことにした。

「あんだ、無視かよ！　無視するんじゃねえよ」

と挑発的な言葉を投げつけて来る。それでも私はそれにのらなかった。

一週間、一月、二月と彼は毎日私のそばにやって来る。私は邦子先生と勉強をするのだが、彼は特別何をするという訳でもない。やがて、「こんばんは！」の挨拶は返してくれるようになった。彼の名前が米本君と分かったのもその頃、２か月もたった頃だった。彼と同じクラスの小島君が教えてくれた。小島君は大貫中学校の同級生だったが、定時制に一年間遅れで入学してきた。だから、帰りはいつも一緒だった。米本君と同じ中学校だった人は多かったので、何気なく彼のことを訊いてみると皆あまり多くを語らない。

余りにも私が彼の挑発に乗らないので、彼もつまらないと見えて会議室に設置されていたテレビを見始めた。彼が見ていたのは「キャンディ♡キャンディ」と言うアニメだった。最初は気になったが、毎日のことなので慣れてしまった。いや、それどころか、うっかりすると一緒に私も見ている自分に気付く。米本君は私にいつしか、その日の出来事や感じたことなどを話して聞かせるようになっていった。

「今日は満員電車に乗って、痴漢して来た。そしたら、その女が俺の手首を掴んで上に挙げて、この子痴漢よ！　皆さんこの子痴漢です、って叫び始めやがってさあー」

こんな話を私にするのだが、それもアニメが始まるまでである。時間になるとテレビの電源を入れ、キャンディ♡キャンディに集中する。その集中力はすばらしい。

給食を食べない

こんな米本君にもう一つ、不思議なことがあった。定時制高校の授業は1日に4時限である。真ん中の2時限と3時限の間の夕食時に給食があった。給食は正心ホールと呼ばれる大きな部屋に全校生徒が集い、クラスごとに座って食べる。この給食は全国レベルの賞をとるほど美味しく有名だった。ときどき他校からの生徒も忍び込んで食べていて現行犯で捕まっていた。ある日、給食の時間には米本君の姿を見たことがないと気づく。次の日も、そのまた次の日も、やっぱり彼はいなかった。疑問に思った私は、彼に質問をしてみた。

「あのさあ、いつも給食の時間いないけど、どこにいるの?」

「教室にいる」

「何で喰わないの?　お腹すくだろう?」

「え、別に！　喰いたいと思わないもん。旨いもんじゃないし……」

私には彼の言っていることが本意ではないとすぐに分かった。旨いかどうかは食べてみないと分からない。彼が来ない理由は、私には解るような気がした。人前で食べる行為が嫌なのだろう、そう思った。私もそうだったからである。けれど、真相は分からない。それからは、私はちょっとお節介な行動に出る。給食の献立によって持ち帰れる物が出された時、教室で一人ぼっちの彼に渡してみた。すると、美味しそうにむしゃむしゃと食べてくれた。

ある日、給食にパックに入ったおにぎりが出た時のこと。それを大切に落とさぬよう両手で包むよう階段を上っていた時である。背後から両肩をつかまれ、前後に激しく揺さぶられ、持っていたおにぎりを落としてしまった。落とした衝撃でパックからおにぎりが出て、階段を転がってしまった。

もう食べさせてやれない！　そう思った時、私の怒りは頂点に達した。その怒りの矛先は、田中隆境という坊主の息子だった。彼は木更津総合高校から転校してきて、勉強もよくできる。気品が高く、目も鋭い。誰も寄り付かない。先生の前では優等生ぶる。後に大正大学に進む。

彼は転がったおにぎりを見て、鼻で笑いながら

「あらあら、落としちゃった！」

と他人事のように立ち去った。私はおにぎりを拾い集めると彼の後を追った。教室にいた彼を見つけると

「このクソ坊主！」

と叫びながら、握りしめていたおにぎりをクソ坊主に投げつけてやった。

「お前みたいな奴に拝んでもらったら、成仏できる者も出来なくなる」

「なんだと……」

と言いながら、私の方に向かって来た。すると、私は3、4人に押さえつけられ席に座らされた。三木落ち着け、三木落ち着け、とあちらこちらから聞こえてくる。投げつけた、おにぎりを私の前に置くと

「おい三木、何があったか知らないけど、教室を汚すなよ。まだ次の授業だってあるんだからなあ」

まだ息が上がって声もでない、許せない。だが言っていることはその通りである。

翌日、看護婦の姉御肌、安藤さんが

「ちょっと、三木君。夕べはずいぶんと派手にやったらしいじゃない。私は夜勤だったけど、聞いたわよ」

私は夕べの事件の流れを説明した。すると、彼女は

「それは、災難だったわねえ」

と笑い飛ばしてくれた。

こんな事件のことは、米本君は知らない。だが彼と私の間に不思議な友情が、何時しかでき上がっていた。

米本君は、日中、自宅の鉄工所の工員をしていたが、やがて青堀駅の駅員として働き始めた。国鉄の制服と帽子をかぶった姿はかっこいい！　私が乗っているのを見つけると笑顔で白い手

袋を付けた手を大きく振ってくれた。私も車両から周りを気にしながら、小さく手を振り返す。本当は大声で、見て見てあの駅員、私の友達なんです、と自慢したかった。

私が４年生になり卒業が近くなった頃、米本君は自動車の免許取得するため教習所に通い始めた。相変わらず、職員室前の会議室に来て「キャンディ♡キャンディ」を見ていた。教習所は楽しいと話してくれるのだった。

「卒業まで頑張って免許取るから。免許取ったら、俺がドライブに連れていってやるからねえ」

と嬉しいことを言ってくれる。

「ありがとう。楽しみにしているよ」

と答えると、にこにこと本当に嬉しそうに笑った。

彼が私を初めて見て、気持ち悪いと言ったのは素直な彼の気持ちだったに違いない。そしてそれは、彼だけが抱く感情ではなく大方の人がそんな風に感じるということを米本君は私に教えてくれた。同時に互いの心が触れ合うことでそれを超越できるということも教えてくれた。気持ち悪いからドライブまでは時間が掛かるかも知れないが、必ず到達できる。そうして築き上げた絆は時間をかければかけるほど深く太い絆となっていく。今、もし私の前に見知らぬ少年が現れ
「気持ち悪い！」

と言ったとしたら、米本君はきっと私に寄り添ってくれると確信している。

そうだよなあ。米本！

ちなみに、あの約束は卒業までは、果たせなかった。

鈴木祥男先生

祥男先生は理科を教える先生である。とくに物理学については天才肌である。東京理科大学を卒業後、千葉大学大学院を経て木更津東高校の定時制に着任して来た。本人は湯川秀樹や朝永振一郎の弟子であると自慢していたが、その人達がどのくらい凄いのか？　全くわからない。なんでも、ノーベル物理学賞なるものと関係があるとか、ないとかよく話していた。話としては面白いが、その内容は理解しがたい。それでも祥男先生は一生懸命に話して聞かせてくれた。

授業も独創的であった。着席して待っていると祥男先生が入って来る。これから授業を始めます、とひとこと言うと黒板に向かい、何やら計算を始める。生徒には祥男先生の背中しか見えない。私たちはその板書をノートに写し始める。私も懸命について行く。やがて、黒板一枚目が終わり、二枚目、三枚目と進む。この頃になると、さすがに私は挫折してしまう。ため息が漏れ、ふと周りを見渡して見ると、みんな黙々とノートと格闘している。私は客観的にみんなこの計算を理解しているのだろうか？と疑問を感じた。そこで祥男先生の背中に

「先生、質問なんだけど」

この言葉に、祥男先生の手が止まった。やっと、振り向いて顔を見せてくれた。

「何だ、三木？」

「先生、この今やっている計算は何の計算？」

「ああ、これか！　これはねえ、ニュートン力学の物体の衝突についてだねえ、AとBの物体が衝突した時、それぞれの物体の衝撃度からそれぞれの速度を導き出すための計算をしている」

確かに、何のための計算なのか？については分かったような気がする。でも、計算は分からない。いつもこんな感じで授業が進む。何としてでも、物理の点数は取らなければならない。

そこで、祥男先生に相談したところ、邦子先生が来る前に、祥男先生のアパートに来るように言われた。祥男先生のアパートは学校のすぐ近くにあった。水野荘というアパートの2階であった。この水野荘やがて、定時制の生徒の集会場になっていった。私はテスト前、ここに泊まり込んで勉強する決心をした。物理の教科書とノートを持ち込み気合十分であった。夜11時になっても、12時になっても、やればやるほど分からなくなっていく。祥男先生も懸命に説明をしてくれた。

「いいか、三木。分かったか？」

「うん、分かったような気がする」

「そうかあ、そうかあ。三木の分かったような気がする、というのは何にも分かってないということなんだよなあ～」

という会話を繰り返し二人で何度も大笑いした。お陰様で何とか赤点をとらずにテストを乗り切ることに成功した。

私はテストの有無にかかわらず、水野荘通いを続けていた。祥男先生は留守でもカギはいつも開いていた。流し台の中にはいつも洗い物の食器が積み上げられている。それを目にするたびに洗い物をかたづけていた。あるとき、一週間ぶりに水野荘を訪れてみると、大量の食器が流しの中に放置されていた。流し台からは、すえた臭いが鼻をつき、嘔吐を催したため窓を開けた。流し台の水を流し始めたそのとき、コップの中に何やらくねくねと動くものを発見した。目を凝らし、よく見てみるとそれはボウフラだった。直ぐに、洗い物を開始し全てきれいになった。しばらくして、祥男先生が帰ってきたので状況を説明した。

「そうか、そうか、どうもありがとう」

とニヤニヤ、笑っている。その様子を見て可笑しくて、つられて笑ってしまった。

こんな伝説的な出来事もあった。ある梅雨の時期だったと記憶している。いつものように水野荘を尋ねると、天井に1メートル四方程のビニールが画鋲で貼り付けられていた。このビニールはどうしたのか?と質問してみる。答えはいたって簡単、雨漏り対策だという。ところが、この雨漏り対策ビニールの真ん中に少し雨水が溜まっていた。2日目、3日目と、どんどん水は溜まって行き、とうとう4日目にはドンッという音とともに、水がザァーザァーと落ちてきた。下は畳だったので、いうまでもなく、その辺りにあった座布団や教材などすべてが濡れてしまった。これも引力によるものだとあわてない。あわてないのはいいのだが、その後の掃除もしないので、濡れた畳からなめ茸のようなキノコがたくさん出てきた。このキノコ食えないのか?と私を含め数人が同じ質問をした。

「そんなもん、食べられるわけないだろ!」

そう言っていた。この後、どうしようもなくなって、大家さんにすごく怒られたそうである。

ある日水野荘で勉強をしていると、あっという間に夕方になってしまった。祥男先生は時計を見て

「三木、大変だ! 学校に行かなくちゃ」

と身支度を始めた。ところがワイシャツがない。祥男先生はどうするのかと思っていたら?洗濯機の中に手を突っ込み濡れているワイシャツを取り出すと脱水にかけた。一分ほど回すと脱水を止めて、まだ濡れているワキシャツに袖を通すと目を閉じて

「あ~冷たい」

と実感を込めて言うのである。風邪をひいては大変だと心配していると、学校に着く頃は乾くから大丈夫だと言う。その通り、学校に着くと何事もなかったかのようにすっかり乾いていた。

祥男先生はこのように、ハチャメチャな生活ぶりだった。しかし、彼は私に一流の人間というのはこういう人間だとしみ込ませた。彼を見てきたから、彼の人間像から学んだことは数知れない。人間は完璧である必要がない。学問も重要であるが、生きる上では人との絆が大切で

あると学んだ。ふだん頭の中には物理学しかない祥男先生からなぜ、このような文学的な思想を得たのか不思議である。祥男先生と話をすると、ゆったりと落ち着くのは私だけではないはずだ。

三木おろし

定時制高校の生活にもすっかり馴染んだ頃のことである。生徒会の任期がきれ、次の候補者選びが始まっていた。候補者は水面下で決められることを、勘の悪い私でも薄々わかっていた。最初は興味がなかったのであるが、だんだんやって見たいと考えるようになっていった。

最初は邦子先生に相談して見る。

「ああ、いいんじゃない。お前がそう思うなら、やってごらんよ。あたしは反対しないよ」

と背中を押してくれた。

次に、祥男先生に相談する。

「とてもいいと思う。三木頑張れよ。応援するからな」

そう言って、励ましてくれた。そうなると本気でやる気が出てきた。次に担任の馬場先生に話をもっていった。きっと馬場先生も、応援してくれるに決まっている。そう思いながら、自信満々で話をして見た。すると、馬場先生の顔が曇った。歯切れの悪い口調で

「選挙に出る事は自由だけどな……。三木、もう少し考えた方がいい」

そう言うと足早に教室を出て行ってしまった。馬場先生は何だか、虫の居所が悪かったのかな？　そんな気がした。

数日がたち、祥男先生のアパートに立ち寄った時のことである。祥男先生は不意に心配そうな口調で話し始めた。

「ああ三木、そういえば、あの話はどうなった？」

私は何の話か？　検討がつかないでいると

「生徒会の話だよ。お前、知ってるか？　教員の中で、三木が生徒会に立候補したら大変なことになるから、なんとか三木を諦めさせなくちゃ、って言っているぞ。とくに馬場先生は三木が生徒会に入ったら、生徒会が教員の言うことを聞かなくなってしまう、なんて言っている。矢島先生も三木はガリが切れないから生徒会の印刷物ができないと言うし、職員室では大騒ぎだぞ。俺はそれを聞いていて腹が立ってしょうがない。お前、こうなったら、意地でも出てやれ！　応援するからなあ。清行先生も頭に来ていて、あいつら、くだらねえ奴らだ。定時制の三木おろしだ。三木おろしが始まったぞ！と言っている。とにかく今はまずい、三木は生活体験発表で人気もあるから、選挙に出たら当選してしまう。なんて、言う声も出ている」

と私に教えてくれた。私はこの話を聞いてショックだった。何がショックかというと、今まで絶対的な味方だと思っていた担任の馬場先生がそんな風に言ってるとは。私の中で、誰が敵なのか？　誰が味方なのか？　わからなくなった。

ここで清行先生が言っていた、三木おろしについて解説しておこう。三木おろしとは、1975年から1976年にかけて起こった三木武夫内閣総理大臣の退陣をねらった、自由民主党内の倒閣運動である。定時制の三木おろしの5～6年前のことだった。私はまだ中学1年生で、政治には興味なく。三木おろしも知らず、清行先生が騒いでいる意味がよくわからなかった。

そんなある日、クラスメイトの牧野君から話があると呼び出された。牧野君は自衛官で生徒会の副議長を務めていた。

「三木、生徒会の選挙に出ると聞いたんだ。お前が本当にやるんだったら、推薦人が必要だろう。俺は次の選挙に出ないからお前の推薦人になってやるよ。応援するからな」

と肩を2回叩いてくれた。大変力強く、嬉しかった。どの役職をねらうのか？と訊かれて、議長と答えるも、まだ出馬に迷いがあった。

その翌日、いつものように勉強していると馬場先生がやって来て、話があると言う。

「あのなあ三木、この前の生徒会の話だけどな。はっきり言うと賛成できないな。だってよく考えて見ろよ、お前だって、大学に行きたいんだろ。生徒会なんかやっていたら、勉強する時間がなくなるだろう。それに、こうやって毎日、お前のために勉強教えてくれている邦子さんに対して申し訳ないなあ、と思わないか。今何が一番大事なのか？　よく考えて見ろよ」

これだけ言うと馬場先生は立ち去った。

しばらくして、今度は清行先生が現れて話し始めた。

「みき〜！　お前選挙に出るのか？　あのな、俺は賛成も反対もしない。だけど、お前が本当にやる気だったら、お前の手となり足となってくれる人をお前自身が自分の力で探さなくちゃだめだと思うよ。もし、そういう人がいなければ、やって行けないから、やめといた方がいい」

そう言うと、先生は忙しそうに次の授業に向かって行った。なるほど。確かにそうかもしれない。私もそう考えるようになった。けれども、周りを見回しても、そういう人物が見つからない。岩崎は選挙に出るタイプではないし、小島君も同様である。いつも一緒に帰る仲良しグループの中にも、クラスの中にもこれぞと思う人が見つからない。

帰りの木更津駅の下りホーム、ベンチに座り考え込んでいると武井がやって来た。そして、こんな事を話し始めた。

「三木やん！　俺さっき学校で先生に呼び出されてさあ、何かと思ったら、生徒会に立候補しろって言うんだよ。今回は辞めようと思っていたんだけど、説得されて仕方なく受けてきた」

「いいじゃん。役職は？」

「議長だよ」

やられた。そう思った。とても偶然だとは思えない。明らかに、武井を私にぶつけてきたのだ。無邪気に話す武井は、おそらく何も知らないし、聞かされてもいないのだろう。彼の無邪気な振る舞いを見て、こいつとは戦いたくないと思った。清行先生のいう、手、足となってくれそうな人がいないことに加え、彼の無邪気さ彼の存在は、私の出馬を断念させるには十分過ぎた。翌日学校に行くと一貫して支持をしてくれた、祥男先生に出馬を断念したことを伝えた。

次に推薦人の牧野君の所に行き同様の内容を伝える。すると牧野君は
「どうして？　先生達に反対されたから？」

「えっ、その動き知っていたの！　でも、それだけじゃないんだ」

「どうした？　何があった？　いや、別に言いたくないなら、言わなくてもいいよ。俺だって、先公から三木の推薦人は辞めろって言われた」

「でも、牧野君が推薦人になると言ってくれて嬉しかったよ、ありがとう」

こうして、三木おろしは大成功を収めた。めでたしめでたしであるが、私の中では今もなお、くすぶり続けている。従って、いつの日か共生隊から千葉県富津市の市議選をねらいたいとも考えている。

進路、就職？大学進学？

いつものように、職員室前で勉強していると、いろいろな先生方が声をかけてくれる。

「よっちゃん、がんばりな」

ふと見上げると、お隣の平野先生である。先生というより、幼い頃からよく見かけている隣のおじさん。幼なじみの俊哉君のお父さんだ。私は、いろいろな先生方から声をかけていただくたびに、見守られていることを実感していた。

4年生になり、卒業が近づくと中学3年生のときの悪夢がよみがえる。就職を求めてずいぶん色々な現場に行き、そのつど断られた。もうあんな思いはしたくない、けれども現状は4年前と少しも変っ てはいない。とくに身体機能が改善されたということもなく、仕事をこなすうえで自信を持って企業や社会にアピールできるものを得たわけでもなかった。このままでは、中学校卒業時と何も変わっていない。そんな思いとは裏腹に時は待ってはくれなかった。

就職が難しいのならば進学は可能なのだろうか？ 担任の馬場先生と相談を重ねるのだが、志望大学が絞れない。それどころか、志望学部ですら決まらずにいた。というのも、私自身は文学部史学科を志望していた。しかし、馬場先生も邦子先生も史学科については猛反対である。二人の反対する理由も一致している。史学科ではつぶしが効かないというのである。私との話では解決の糸口さえ得られない。しびれを切らした馬場先生は家にやって来た。母と私と三者面談が始まった。母を前にすると馬場先生は熱弁を振るった。

「お母さん、本人は文学部史学科を希望しています。しかし、史学科では研究者になるか、教員になるしかありません。つぶしが効かないんです。ですから、社会福祉学部とか文学部であれば、国文学がいいと思います。特に国文学を私はお勧めします。本人の前ですが、文章を書かせるとちょっと、普通の人には書けないものを書きます。ここを伸ばすことがいいと思います。あとは社会福祉ですが、社会福祉の大学は数が少ない。それに伴って、どこの大学もレベルが高いんです。県内では淑徳大学しかありません。よく考えて見てください。就職という選択肢も考えられなくはないが、現段階では進学させた方がいいと思います。また、三木君は視野が狭いので、大学に行けばいろいろな人がいます。社会への見方や考え方もきっと変わってくると思います」

馬場先生は自信満々に言うのであるが、私は大分言い過ぎであると思っていた。そもそも、私にそれ程の才能があるとは思えない。このぐらいの文章を書く人なんて、世の中にはいくらでもいるに違いない。ましてや大学の国文学に進めば、全国から文章の達人が集まって来る。その中で生き残っていけるとはとても思えない。だいたい、漢字だって苦手である。

社会福祉だって、そんな分野を考えたこともない。自分が障がい者なのだから、福祉は受けるもので、与える立場にはなりえない。馬場先生の考えていることが、私には全く理解できない。その理解できないことを、口から泡を吹くような勢いで言うのだった。

母は単純である。国文学をやり、国語の教師になれればそんな良いことはないと、その気になってしまった。今考えても、日本史だろうが、国文学であろうが、どちらにしても大差ない。

大学入試での推薦を狙うことにした。そこで推薦入試の専門誌を書店で買い込んできた。馬場先生に成績を計算してもらい、雑誌とにらめっこをする。けれども、私の評定が3．5しかなく受験できる大学が極めて少ない。そんな状況の中、学部を選んでいる余裕などない。私の成績は学年で4番と5番を行ったり来たりしていた。私より上にいる三、四人の人たちは他校からの転校生ばかりになっていた。1年時の成績は最下位であったことを考えれば、同じメンバーであれば最下位から最高位になったことになる。考えて見れば、みんな仕事をしながらの学業である。働いていない私がこの程度の成績を残すのは当然と言えば当然である。けれども、一年生の頃の成績が悪過ぎて、評定が伸びなかったのである。この評定では、馬場先生が言っている社会福祉系の大学は夢のまた夢の世界である。職員室で馬場先生と途方に暮れていると、地学の八田先生が話しかけてきた。

「なんだ、三木も大学に行くのか？　猫も杓子も大学か……」

ちょっと、悔しかったが一年生の頃の成績を知っている八田先生が、そう言うのも無理はない。

さらに、両親も馬場先生の話を受けて、つぶしの効かない学部、学科に何百万もの大金はかけられないと言う。

経済的問題

実際にお金に余裕は無かったに違いない。この頃、父は高血圧のため漁に出ることもなく、ばか貝（青柳）の殻むきをしながら生計を立てていた。家には姉夫婦と三人の子ども達も住んでおり、賑やかな家である。なぜ、このような事になったか？　それを説明しておかなければならない。姉の和子は母の連れ子である。和子が結婚したいと言ったとき、父はまだ小学生の私を横に座らせ、私の面倒見てくれるかどうか、私のために家を建ててやるような覚悟があるかどうか聞いて、正男の覚悟はあるという言葉に、父は正男を婿として招いた。

父からすれば、自分の年齢を考えて心配だったに違いない。私はそのやり取りを聞いていて、子どもながらそんなことが本当に出来るのだろうか?と思っていた。それから家を改築し婿を招いた父だったが、中学高校と父の弱っていく姿を見ているしか出来なかった。海苔の養殖も辞めてしまい、船も売り飛ばしてしまった。母と姉と三人で孫の面倒を見ながら、青柳の殻をむく作業を繰り返す。

とくに三人の孫は、母よりも父になついていた。いつも、午前中に散歩に連れて行くのであるが、長男の雅美をおんぶし、長女文枝を抱っこして出かける。帰ってくると、子どもたちをおろし、しばらく目を閉じ苦しそうにしている。一時間もすれば、症状は治まるようであるが、時には病院に向かう。病院で血圧を測る。すると300を超えていた。ときには医師が数値を教えてくれない?と不安そうに話をしていた。やがて、次男信秀が生まれると、文枝と雅美は幼稚園に通い出した。けれども、雅美は毎朝、行きたくないと駄々をこねる。ある朝、ストーブの前で着替えをさせていると、行きたくないと泣く雅美にイライラした姉和子が雅美を押した。雅美はそのまま、ストーブの鉄網に左右の足が付くとギャーギャーと声を上げる。一部始終を近くで見ていた私がそれはやりすぎだと言うと。お前は黙っていろと言われた。そんな様

子を見て、父は
「そんなに嫌がっているんだからな。無理させなくていい」
と自分の体調が悪いのに、雅美を家で見るのであった。
日に日に弱っていく父は私に
「あのな、今の定時制のような月謝なら一生行ってもいいけども、大学はそうはいかない。自分でどうにかできる方法を考えろ」
そう言う父の思いも良くわかる。何しろ、自動販売機で缶コーラーが80円なのに、定時制の授業料はわずか８００円だった。そこに給食費が２５００円加わって、毎月の支払額は３３００円であった。
そんな家庭環境や経済的な面を考えるようになっていた。そして私が出した結論は、身体障害者の職業訓練校への受験であった。身体障害者の職業訓練校は、千葉、埼玉、東京にあることがわかった。埼玉にあるのは国立リハビリテーションセンターといって、就職率１００％だが、受験しても合格率が低い。さすが国立である。ここは早々にあきらめた。千葉に新設される県立の職業訓練校をねらうことにした。だが、結果不合格となってしまった。幸いにも、まだ、東京都の受験には間に合った。綱渡りのような受験である。だが、もう後がない。ここで落ちたら、世間に対しても格好悪いし、ここまで支えてくれた先生達や友人達にも申し訳ない。自分に対しても、許せないという崖っぷちだった。

そんなある日、後輩の岩崎（いわっぺ）から呼び止められる。手招きをするので、近づくと
「三木やん、もうじき受験だっぺ！　これ御守りだ。神社でいただいてきたものだから、持っていきな」
そう言って、黄色い小さな御守りを学ランの胸ポケットに入れてくれた。この御守りを私は後に立正短大に入学するまで、大切に持っていたことを彼は知らない。

職業訓練校受験

東京職業訓練校受験日の前日、授業が終わると私は邦子先生と東京へ向かった。邦子先生の友達の家に泊まらせてもらい。そこから学校へ向かった。コートのポケットには、本を一冊だけ入れた。著者梅原猛『隠された十字架』という本である。いつか邦子先生のように日本史を教えられるようになりたい。その夢は諦めないぞ!という気持ちの現れだった。受験当日の朝、私が本を読んでいると、難しい本だね、と言う。

「将来は大学へ行きたいです」

そう答える私に、邦子先生の友人の彼は
「そうか。それなら僕の大学の校歌を聴かせてあげよう。明治大学の校歌だよ」

と明治大学の校歌に送り出してもらい、受験が始まった。

私が受験したのは、事務科である。学力試験も含め、身体機能試験などさまざまな試験があっ

た。それぞれの試験に対して、崖っぷちの私は必死で取り組んだ。気がつくと、午後3時を過ぎていた。身体も精神も疲れて来ている。でも、もう一踏ん張りだ。最後は作業療法士による面接があった。作業療法士は怖そうな女性だった。

「あなたね、事務科を希望しているけど、あなた無理よ。その身体状況では、機能的に難しいと言うしかありません」

「あの、だとしたら、私は何ができるんですか?」

「わからないなあ。でも、どっちにしても事務科は定員数に達しているからダメだね」

「私にできる事があれば、何でもやります。お願いです。何かやらせてください」

必死に訴える私に、作業療法士はしばらく考え込むと

「うん、何でもやる精神がいいなあ。ちょっと、時間をください」

そう言って、席を立った。しばらくして、恰幅の良い男性を連れてやってくる。その男性との面接が始まった。

「はい、こんにちは。私はね、製靴科の高野と言います。靴を作る仕事ですが、やって見る気があるかね?」

「はい、私にできる事ならば、やらせてください」

その後のやり取りは、よく覚えていないが試験が終わると外は暗くなっていた。

2週間ほどが経ち、東京都から合格通知書が届いた。私は両親に願い、慶應義塾大学の通信

教育で文学部史学科への入学金10万円ほどを出してもらい、念願だった、大学生にもなれた。思い返せば、この時から私の二刀流は始まっていたのかも知れない。

卒業を間近に控えたある日のこと。邦子先生は私に

「私、お前に教え方を誤った」

そう衝撃的な話をする。どういうことなのか?と訊くと一人でも学んでいける力を付けるべきだった、という。しかし、私は姉上から誰にも負けない愛情と誇りを受けて育った。卒業式の当日の朝、最後の個人授業もいつものように済ませると式に臨んだ。式が終わると邦子先生は私を抱きしめて、何度も何度も良かったねえ、と泣きながら言う。その言葉に定時制の四年間が蘇り、涙が流れた。

その他にも遠くから見守ってくれていた人がいた。博である。上京する前、最後の晩に、大貫の海岸の「磯の香」という店で、差し向いでラーメンを食べていた時のこと、突然に博が泣き出した。おいおいとしゃくり上げて泣く。何か一生懸命に訴えるのだが、よく聞き取れない。しばらく経ち、落ち着いた頃訊くと

「俺は中途半端でどうしようもない人間だけど、お前がいたからペンキ屋だって頑張ってこられた。お前がいなくなったら、俺はだめになっちゃうよ!」

そう言うのだ。そんな風に思っていてくれたんだ。そう思うと嬉しくもあり、ありがたい。けれど、私は大貫から離れないし、また帰ってくる。と博を慰め別れた。

家では父があおやぎの殻をむきながら、母に言い聞かせる。

「あの野郎のことだから、どんなことがあってもきっと大丈夫だろう。ただ……身体だけが心配だなあ、それから俺が死んだらな。この家と土地の相続は、どんなことがあっても由和に半分渡してくれ。どんなに遠くに行ったとしてもな、自分の名義の家があれば、いつでも大威張りでここに帰って来られる」

ここには、父の私への応援と、いつか必ず帰って来いよ！と言うメッセージが込められている。沢山の人に支えられ、旅立ちの朝を迎えた。母が庭に出てきて、身体に気を付けろと泣き出した。ここで、足を止めたらだめだと思い振り向きもせず大貫駅に向かった。

高校修学旅行。右は担任の馬場先生、左が著者。

第3章　職業訓練学校

入所、寮生活

東京都身体障害者職業訓練校は東京の小平市にある。全国から訓練生が集まっていた。年齢も障がいの種類も障がいの程度もバラバラである。半数の訓練生は寮生活を余儀なくされていた。私もまた、そのなかの一人である。

寮は一部屋三人。この寮には厳しい掟があった。私にとって、この寮生活は生き地獄である。まず、テレビの持ち込みは禁止、それでは社会の動きがわからない。朝晩の掃除の後の点呼。私は夜遅くても平気だが、朝にはからっきし弱い。定時制高校の影響もあるのかもしれないが、体質的に朝に弱いらしい。食事は基本的に三食食堂で食べる。一食250円という破格の安さ。もちろん、お酒は禁止。洗濯は二層式洗濯機が三台あり、初めて自分で洗濯機を使う。お風呂は銭湯のような浴槽である。けれども入れる時間が短く、みんなが集中するため芋洗い状態。風呂場の清掃、トイレ、廊下、など日常的に使用する施設は寮生が清掃、管理。

この寮を一般の人に説明するとしたら、病院の入院病棟を思い浮かべて欲しい。施設のつくりも、雰囲気もまさしく病棟である。

身体障害者職業訓練校とは、職業訓練を行うだけではなく日常生活における訓練も行われていた。そういえば、聞こえは良いのだが、締め付けが厳しく。障がい者へのいじめも実際に体験している。寮生活は24時間監視されているような雰囲気が漂っている。

一方、職業訓練はというとガラリと雰囲気が違う。訓練棟と寮棟の間に食堂がある。この食堂を挟んで、一般社会と障がい者を隔離する閉鎖的社会にはっきりと分断されている。そしてそれは職員も同じであった。職業訓練を担当している指導員の先生達はごく普通の先生である。私にとって、この訓練を受けている時間は自分を取り戻すことができる大切な時間だった。

いちばん辛かったことは、入所後1か月間は外泊が禁止されていた。外出さえも、寮棟の指導員に許可を取り、外出ノートに行き先、出た時刻、帰った時刻を記載しなければならない。ここは、軍隊か刑務所かと大声で叫びたくなる。いったい俺が何をしたと言うんだ、という心の声を押さえつけ、ノートに書き記す。とにかく、右を向いても左を見ても障がい者しかいない。私が生きてきた世界とは全く違う。私が望んでいる、普通の人と変わらぬ生活はここにはない。どこかへ行く当てもなく土地勘もないのだが、ただ外に出たい。風に当たりたい、普通に行き交う人を見たい、あわよくば話がしたい。そんないままで何気なく見ていたこと、聞こえていたこと、話していたことが恋しくて仕方がない。気がつくと駅に来ていた。その駅は西武国分寺線の小川駅で、訓練校からは歩いて10分ほどである。したがって、訓練校に通ってくる人は、この駅を利用している。私はここで、電車をただ見ているだけであった。この電車に乗れば帰れる。この線路は、木更津その先の大貫にだって繫がっている、などと一人で考える。私は完全にホームシックにかかっていた。

職業訓練

受験の面接で話した通り、私は製靴科に所属していた。この学校の訓練期間は1年間である。この1年間で技能を修得しなければならない。本格的に訓練が始まる前に製靴科の科長でもあった高野先生は全員に面接を行った。私の番になると、高野先生は資料を見ながら、こう切り出した。

「本当は、お前は何かを作るという仕事は向いていないんだよな」

少し困ったような素振りである。

「いいえ、でも」

と言いかけたタイミングで

「だって、ここにデーターがそう出ているのだから、隠しようがない。でも、ここで頑張るしかないな」

私は、はいと返事はしたものの、それではどのような仕事に就くべきなのか？　訊けばよかったと後悔している。

恐れ入りますが、切手をお張り下さい。

〒113−0033

東京都文京区本郷
2−3−10
お茶の水ビル内
（株）社会評論社　行

おなまえ　　　　様

（　　　才）

ご住所

メールアドレス

購入をご希望の本がございましたらお知らせ下さい。
（送料小社負担。請求書同封）

書名

メールでも承ります。　book@shahyo.com

今回お読みになった感想、ご意見お寄せ下さい。

書名

メールでも承ります。 book@shahyo.com

製靴科は大きく二つに分かれた。革靴の甲の部分を作る製甲と呼ばれる作業と、出来上がった甲に靴底を付ける底付けと呼ばれる作業である。まず、この二つの作業工程からどちらかを選択しなければならない。私はミシンが苦手なので、迷わず底付けを選んだ。製甲を教えてくれるのは伊藤先生、底付けを教えてくれるのは高野先生と北久保先生である。最初に高野先生から言われた。

「はい、これから1年間底付けの訓練をやっていきます。この底付けという作業は力仕事です。私が見て、こいつには無理だなあ。と判断したときには製甲の方へ行ってもらうことになるから、そのつもりで頑張りましょう」

そう言われると身が引きしまる。

製甲の人数が十人程に対して底付けは、私を含め四人しかいなかった。まず、北久保先生が私たちに教えたのは最高峰の底付け技法グットイヤーと呼ばれるものである。日本でもこのグットイヤーができる職人さんは少ないという。

最初に長めの釘を2本用意し、糸で巻き火をつける。釘が熱いうちに曲げ、大きな釣り針のような針を2本作った。次は糸に撥水性を高めるため松脂を塗って行くのだが、松脂が粘るので力仕事である。針と糸が揃ったところで、いよいよ甲と靴の中敷を縫い合わせて行く。一つの穴に左右から針を通すのだが、糸に松脂が塗ってあるため穴の中で動かなくなってしまう。勢いをつけ、手早く抜かないと動いてくれない。だが、グットイヤーはできなくてもいいと言う。

グットイヤーのやり方を知っておけば、修理などにも対応できると北久保先生は言っていた。

次は釘を使って底付けを行う、吊り込みと呼ばれる技法である。この技法がグットイヤーに比べ一般的である。長さ3ミリほどの小さい釘を使って、底付けを行う。製甲の段階では入れていないつま先とかかとの部分に芯となる硬い皮を入れ、盤石で固定する。ここで、盤石という言葉はよく耳にするが、現物を見たのは初めてである。接着剤と思えばいい。芯が入ると、いよいよ吊り込み作業が始まる。ワニと呼ばれるペンチのような道具を使い、釘で止めて行く。左右の靴底を止めるとグラインダーで起毛し、ボンドで靴底付完成である。この作業を1年間訓練する。就職して会社に行くとほとんどの作業が機械で行われているという。ではなぜ、このような訓練を行うのかと言うと機械が不具合を起こした時の対応ができる人材育成だそうだ。

毎朝、訓練室に行き、前掛けをつけると気分は職人さんである。このように自分を保つため、自分をだましていた。その日に使う1日分の盤石を作るところから私の1日が始まる。なぜ、私だけが盤石を作るのか?というと、みんな単純に作る気がないからである。そのお陰で、コツがわかって来た。ある日、高野先生から褒められる。

「これ、いつも誰が作っているのか知らないけれど、盤石の作り方が上手いぞ」

それだけでも、嬉しい。

寮棟の仲間たち

寮は三人一部屋である。私の他に沖縄県から来た平良利明君と埼玉県から来た岩下健一さんがいた。平良君は私と同じ脳性小児麻痺で年齢も変わらない。岩下さんは42歳で当時、障がい名はわかっていないが、椎間板ヘルニアと医師から言われ、本人はそれを信じていた。

沖縄の平良君は家が金持ちらしい。話によると、家は沖縄でただ一軒しかないたこ焼き屋さんだという。一軒しかないので、店は儲かっていて、沖縄では車を乗り回していたと話す。見たところ、私より障がいが重そうであるが、車の運転もできるという彼の話は私に衝撃を与えた。

そんな平良君も、訓練が終わると駅に行き電車を見つめている。ウオークマンで何やら聴きながら一人でいる。私は余計なことと思ったが、声をかけてみた。

「平良君、何を聴いているの?」

驚いて振り向く、私も同じ脳性麻痺なので良くわかるのだが、突然に声を掛けられたり大きな音を聞くと、身体が過剰に反応してしまう。おそらく、原始反射のひとつである。

「ああ〜、三木さんか。かぐや姫の神田川だよ。沖縄には電車がないからねえ。それにこの電車に乗れば空港に行けると思って……」

ここにもホームシックの患者がいた。そんな平良君とのたわいもない話から小、中、高の出身校の話になった。すると、平良君が突然

「えっ、ということは三木さんって養護学校じゃなくて普通の学校だったんだあ。だから、雰囲気が違うのかあ」

納得できたように言う。私は自分ではよくわからないが、そうなのかもしれない。

そんな平良君であったが、ある日突然に沖縄に帰ると荷物をまとめ始めた。どういうことなのかと訊くと、沖縄に帰って従妹と結婚することになったという。訊けば親同士が話し合って決めたらしい。沖縄からお父さんが迎えに来ていた。突然の平良君との別れだった。

もう一人のルームメイトは、岩下さんだ。私は岩下さんから色々なことを教えてもらった。いいことも、悪いことも である。岩下さんは当時一人で歩行ができた。ある日曜日のこと、外出届を出していっしょに所沢まで出かけた。所沢に行くには、東村山で乗り換えなくてはならなかった。乗り換える際、電車とホームの間に岩下さんのサンダルが落ちてしまった。岩下さんは足が上がらないため、引きずるように歩く。幸いにホームから落ちなくて良かった。すぐに駅員に報告し、サンダルを取ってもらった。

所沢はどこか木更津と似ているコンパクトな街であるが賑やかである。邦子先生もここから木更津まで毎日通っている。とりあえず、レコード店に入って見た。ここで不思議なものを見つけて驚く。大貫音頭のレコードだった。これがなぜここにあるのかというより、一瞬で所沢から大貫に帰ったような気がした。

訓練校の寮に戻ると、岩下さんは私にお願いがあると言う。サンダルでは危ないので、自分に合う靴を作って欲しいというのだ。そんなことが可能なのだろうか?·私は早速、高野先生に事情を説明して訊いて見た。すると高野先生は

「ああ〜、いいよ。だけど、ただという訳にはいかない。お前たちが訓練で作った靴は学校の文化祭で販売することになっている。文化祭では一足３０００円で販売する物だから１５００円でどうだ？　本人に訊いて見ろ」

岩下さんは喜んで承諾した。翌日､私は岩下さんのために一生懸命に作業した。いつもとは、気合の入り方が違う。出来上がった靴をその日のうちに岩下さんに手渡す。すごく気に入ってくれた。彼はこの靴底に穴があくまで何年も使ってくれた。

岩下さんはパチンコが大好きだ。私も岩下さんに付き合ってパチンコを覚えた。私は小銭で少し玉が貯まる度に、岩下さんのためにハイライトと言うタバコに交換した。すると、岩下さんがそのハイライトを現金で買ってくれるのである。寮の私の引き出しはハイライトでいっぱいになっていた。

岩下さんに教わったことはまだある。これから、就職活動をするのだからネクタイを結ばなければならない。そう言うとネクタイを取り出して、結び方を教えてくれた。今でもネクタイを結ぶ度に岩下さんを思い出す。

隣の部屋には、菊地春彦君という小児麻痺の人がいた。小児麻痺とは、ポリオともいい身体の一部の成長が止まってしまう障害である。彼の場合、右足と左腕が極端に小さく、幼児のよ

うである。義足を付けると歩けるが、長距離の歩行は難しい。性格が明るく、楽しい人だ。岩手県から来て、岩手弁丸出しなので、私が岩手県とあだ名を付けた。すると、彼も私を千葉県と呼ぶ。岩手県の姿を見つけると季節に関係なく
「お〜い、岩手県しばれるねえ」
そう声を掛ける私に
「しばれねえべさ。いまは夏だべよ。しかし、東京まで来て、しばれるという言葉を耳にするとは思わなかったべさ」
と笑うのだった。岩手県や岩下さんとは訓練校を修了できるまで、いろいろな面で助け合っていた。

寮の指導員

そもそもこの寮は厳しい。とくに私は、指導員に目をつけられていたと感じている。とくに厳しかったのは寮棟の指導員をしていた棚橋先生である。入所したての頃、点呼の棚橋先生は部屋の中まで入って来た。通常は中まで入らず、廊下で人数だけ確認して帰る。部屋に入って来た棚橋先生は、ひととおり見て回ると私の棚の前で足を止めた。私の棚には慶應義塾大学通信教育部の教科書が並んでいた。私にとってはお守りのような物である。棚橋先生はその教科書を指差して、これは何だ?と訊いて来た。

「はい、それは大学の教科書です」

そう答えた私に
「お前、職業訓練を甘く見ていると、痛い目にあうぞ。もっと訓練に集中しないといけない。こんな物は荷物の中にしまえ」

私としては納得できないが、ここは言う通りにした方が良さそうである。大きなバックあけ、立てかけてあった教科書数冊を中にしまった。その様子を見届けると、棚橋先生は満足したと見えて部屋から出て行った。こうなると、もう、訓練校では勉強が出来ない。

次の休みの日に、塾生手帳に書いてあった休学の手続きを取るため慶應義塾大学に向かった。一人ではなんとなく寂しいので、製靴科の製甲に所属していた坂従君に付き合ってもらった。二人で大学の学食でカレーライスを食べた。その後、事務所に行き事情を説明すると、対応に当たってくれた女性職員が
「それだったら、休学はもったいない。だって、もう年間の授業料はもらっているので、時間ができたときにレポートを提出すればいい」

そう言われて、嫌な寮に戻って来た。

ある日、トイレ掃除をしていた。掃除が終わると報告しなければならない。報告を受けた棚橋先生が状況を確認する。すると、まだ小便器が汚いと言い出した。洗剤を付け、柄つきタワシで同じ場所をこする。正直に言うと、どこが汚いのかが分からない。

「そんな、タワシじゃだめだ。普通のタワシはないのか？」

慌てて、掃除用具入れの中を探して見つける。それでこすれと言うので、言われた通りにすると、声を荒げ私の右手首をつかみ上げると

「こうやって、やるんだよ」

と右手を素手のまま便器の中へ押し付けた。でも、先生が押し付けた場所が汚れているようには、私の目にはわからなかった。私はいまでもトイレを洗うときは素手で洗う。それには二つ理由がある。一つは私の手のサイズが大きすぎてゴム手袋に入らない。もう一つは、素手でやった方がピンポイントで力が入る。とくに水垢などは、指先に力を入れピンポイントに集中しないと汚れが落ちない。だが、抵抗感が毎回ある。気合を入れて一度便器に手をつけてしまえば、その瞬間から抵抗が消える。あとは私のプロ根性である。けれども、このときの棚橋先生の指導は、まだ心の準備が出来ていない私の手を便器にこすり付けただけであった。これは虐待以外の何ものでもない。私からすれば、ここで戦う訳にはいかない。何があっても耐えることで、この場をどうにか凌ぐしかない。悔しいのは、先生はそれを分かってやっていることだ。

靴、底付けの仲間

底付けのメンバーは私を含め四人であると先に述べた。最年長は伊藤さんである。伊藤さんは聾唖者である。でも、耳が聞こえないだけではなく、視野もかなり狭い。おそらく、正面し

か見えていない。それでも、毎日一生懸命に作業に取り組んでいる。私は席が隣だったので、休憩時間や昼休み時間になると伊藤さんの肩をポンポンと2回軽く叩き知らせる。

次は相場君、彼は身体的な障害は非常に軽く少し足を引きずる程度である。ただ、知的障害があるものの、これも軽い。四人の中でいちばん仕事が早い。

最後は高草木淳君だ。彼は脳性小児麻痺である。四人の中で、唯一寮生活ではなく、自宅からの通学生である。中学を卒業したばかりで若い。仕事も早く、私はどうしても淳に追いつけない。仕事をしながら、彼とよく話した。淳が訓練校の外から運んでくれる空気や情報はとても新鮮に感じられた。私は淳から、今誰のどんな曲が流行っているのか、教えてもらうのだった。ときどき作業をしながら、二人でマッチ（近藤真彦）の「ハイテーン・ブギ」を歌った。製靴科の中で一番気が合った。でも、淳はいたずらっ子でときどき限度を超えたいたずらをする。一心不乱に作業に取り組む伊藤さんに、はす向かいの淳が笑いながら釘を投げつける。驚く伊藤さんの様子を見て楽しんでいた。私がやめるように注意すると

「うるせえ！　いい子ぶりっ子しているんじゃねえよ」

と言うのだ。どうしようもない。あるとき、私が作業に集中していると、ふいに伊藤さんが私の背中を殴りつけて来た。一瞬何が起こったか、驚いて顔を上げると、淳が高笑いしている。その様子で全てがわかった。いつものように、釘を投げつけられた伊藤さんはその犯人が私であると思ったのだ。私は人差し指で自分を指し、手を左右に振る。次に高笑いをしている淳を

人差し指で指し、真犯人を教えた。伊藤さんはごめん、ごめんと手話で謝ってくれた。ここまでいくといたずらではなく、いじめである。でも、淳の名誉のために言っておくが、彼にそんな気は全くない。ただ、じゃれたいだけである。淳とはこの後、生涯の付き合いになる。

私たち4人は、たまに失敗をした。例えば、力を入れ過ぎてしまい、皮の縫い目が破けてしまうこともあった。もう、どうしたらいいのか困ってしまう。そんなとき、北久保先生に助けを求める。もう、直しようがない状態であるにもかかわらず、北久保先生は

「わあ、これは困ったねえ。でも、大丈夫だ。やっちゃえやっちゃえ」

と言って、先生が手を加えてくれると不思議なことに商品になるのだ。私たちは何度も北久保先生のやっちゃえやっちゃえという言葉と技に助けられた。

自動車教習所

夏休みが終わった頃と記憶している。ある日、すべての訓練生を対象に、自動車教習所の説明会が開かれた。公認、未公認を含め入れ替わりで3、4か所の教習所が説明し、教習生の募集を行った。私は自動車の運転免許とは全く無縁のものだと考えていた。定時制高校にいた頃、周りの友人たちが運転免許を取得するなか、自分には無理であると思い込んでいた。

考えて見れば、みんなと同じように、いやそれ以上になりたいと思っていた私が、運転免許証の取得に無頓着であったことが不思議でならない。これこそ、みんなと肩を並べ、みんなと

同じである事を認めさせるにふさわしい。私のやる気に火がついた。ところが、道は思い浮かべていたより険しい。

まず、職業訓練指導の責任者に許可を取らなければならなかった。製靴科であれば、高野先生の許可が必要である。早速、高野先生に書類作成を願い出る。けれども、高野先生はなかなか首を縦に振ってくれなかった。

「そうだなあ。あまり賛成はできないな。もしも、事故でも起こしたら大変なことになる。お前、二重障害になってしまうぞ。それに、お金だっていくらかかるか分からないぞ。そのお金があったら、タクシーを使えば楽だし安全だ」

高野先生の言うことも、分からなくもない。いま振り返ると過去にチャレンジしても、免許取得に失敗した例があったのかもしれない。近くで聞いていた淳が、私の顔を見て高笑いをする。それでも諦めない私に、高野先生はしぶしぶ書類に捺印してくれた。

教習の費用は、想像してもかなりかかる。身体障害者職業訓練校の訓練生には、訓練手当が支給されていた。当時の金額は、月に8万円である。私はそのほとんどを教習費用に当てた。

さあ次は教習所をどこにするか？　選ばなければならない。公認と未公認がある中、私が選んだのはあづま園と言う未公認の教習所だった。なぜ、あづま園に決めたのかというと公認の場合、期間が決まっており障害が重ければ重くなるほど不利になる。と誰かに助言されたからであった。もう一つの理由、それはあづま園が障がい者専門にやっていることにあった。あづま園の創設者は藤森善一という人で、彼自身が障がい者であり、足を使わずに運転できる操作を考案したのも藤森氏であると聞いている。そういえば、テレビのドラマで見たことがある。両足が不自由になってしまった主人公（山口百恵）が両手だけで自動車の免許取得に挑戦するシーンである。もしかしたら、教習の撮影で実際に教官をしていたのは、藤森氏本人だったのかも知れない。

あづま園は教習生を学校まで迎えに来てくれた。訓練時間が終了するとすぐにあづま園の車に乗り込む。時には前掛けをつけたまま教習を受けることもあった。あづま園の園長はもちろん藤森氏である。藤森氏は園長自ら教官を勤めていた。私も実際に何度か、教習を受けたこともある。園長の教習は、常に励ましてくれた。

「時間がかかっても、必ず免許取得できるからね。がんばるんだよ」

この園長の言葉が嬉しい。

あづま園の職員は教官を含めて、ほぼ全員が身体に何かしらの、障害を抱えている。小野教官のように右腕一本で旋回装置も使わずに器用に運転する人もいた。

製靴科の訓練生の中で、教習所に通っていたのは私だけだった。だが、この訓練校からあづま園に通っていた人は七、八人いたと記憶している。中でも私の記憶にしっかりと残っているのは、具志堅さんという女の子である。彼女には両足がない。左腕もない。右手だけで日常生活動作をこなしていた。そんな具志堅さんを見て、どうやって運転するんだろう、などと自分のことを棚に上げて一人前に考えた。だが、彼女はどんどん教習段階を上げていき、あっという間に仮免許を取ってしまった。その頃、私はやっとS字、クランクにさしかかったばかりである。仮免許を取り、路上へ出てからも彼女の勢いは止まらない。私が坂道発進の段階に入った頃、具志堅さんはついに運転免許証を手にしていた。

ここで私が伝えたいことは二つ。その一つ目は、障害とは本人が感じ取る不便さと、周囲の者が想像する不便さには大きな誤差が存在するということ。二つ目は、障害は道具を使用することで緩和したり、障害そのものがなくなってしまうということだ。

例えば、近視の人がメガネという道具を使用することで調整できる。具志堅さんも手動操作車を使用することで自動車の運転ができる。路上に出て、その車の運転手が右手しかない障害者だとは誰も想像しない。そこにいるのは、一ドライバーとしての具志堅さんなのだ。これこそが、私の求める肩を並べるということである。

そして、私が仮免許を取れたのは訓練校を修了する間際だった。したがって、訓練校に在籍中に免許取得はできなかった。でも、諦める気は全くなく、必ず取れると思い込んでいた。

就職のゆくえ

秋が深まった頃、文化祭が開催された。製靴科では日頃の訓練で作った靴を1足3000円で販売する。最後の仕上げで、靴墨とウイスキーを交互に塗ると靴が光り出した。自分の顔が靴に写る状態を目安に磨き上げる。底付けだけを考えれば、四人で作った靴は３００足である。先着３００人分しかないのだ。とくに製靴科の靴は人気が高く、これを狙って文化祭に来る人も多いという。実際に文化祭が始まると2時間ほどで完売してしまった。

文化祭が終わると、就職活動が始まった。求人票を見ながら、興味のある会社に見学をさせてもらうようにとのこと。けれど、実際は見学に行くとだいたいは内定を貰って帰って来る。周りの人たちはどんどん内定が決まるなか、不思議なことに私には焦る気持ちが全くない。その理由の一つが、求人票を見るとほとんどが東京だった。できれば、千葉県内で探したい。ここは東京都なのだから、東京の求人が多くて当たり前であった。

淳が心配そうに訊いてきた。

「三木ちゃん、就職どうする？ 大丈夫かよ。見学ぐらいして見れば？」

「そうなんだけど、できれば、千葉県から近いところがいいし、靴職人は嫌だなぁ」

淳は笑いながら、俺もそう思うよ、と返してきた。

それから1月ほど過ぎたある日のことである。作業中に高野先生がやって来て、大きな声で呼びかけた。

「お～い、作業中悪いが、みんな聞いてくれ。新宿区の職員で求人があります。仕事内容は学校の用務員さんだ。希望する奴いるか？ いたら、手を挙げろ」

次の瞬間、私は右手を挙げた。手を挙げたまま、周りを見渡すと私以外に誰も手を挙げない。

高野先生はそれを見て
「手を降ろしていいぞ。三木だけでいいんだな」

しばらく間をおいて
「よし、わかった。三木お前、面接があるからな。準備しとけよ！」

とあっさりと決まった。私は新宿区役所に行き、そこで面接を受けるのだろうと思っていた。ところが、それから1週間くらいが過ぎたある日の事。作業中に高野先生から声がかかる。

「おい三木、今から面接をする。急いで来い」

慌てて作業を中断し、前掛けをほどくと高野先生について行く。事務室近くの小さな部屋に入ると二人の面接官が待機していた。おそらく、人事課の人に違いない。面接はあっという間に終わった。数日後、新宿区役所から合格通知書が届いた。

合格はしたものの、千葉県には帰れない。でも大学に行くための足場にはなるかもしれない。それにまだ運転免許教習だって中途半端になっている。とりあえず、大学を卒業するぐらいまでは頑張ろう。そう自分に言い聞かせていた。だから、まさかこの先40年も新宿区に勤務するとは夢にも思わない。

修了式を間近に控えたある日、高野先生から訓練課長に靴を作るようにと言われた。それが、ただ作るのではない。私が右、淳が左を作れと言う。通常はあり得ない話である。二人で微調整を繰り返しながら、一足を完成させた。それを二人で課長に手渡した。

「ありがとう。右が三木君で左が高草木君だね。大切に使うよ。実はね、私の息子も君たちと同じ障害がある。その子にも見せてやりたいと思います」

訓練課長は本当に嬉しそうに話してくれた。

最後に一足だけ、自由に作っていいぞ、と言われて、私は自分の靴を作った。製甲にお願いして外側に牛皮を使用して、内側に最高級とされる馬のお尻の皮を使用した靴である。私はこの靴を、人生で大切な時に使おうと思っていた。

その後この靴が登場したのは自分の結婚式だけである。この後、いつかまた再登場するときが楽しみである。

第4章　新宿区の職員、小学校用務員として

仕事道具のポリシャ

アパートを借りる

新宿区で仕事をするには、通えるところにアパートを借りなくてはならない。東京には土地勘がないので、世田谷区に住んでいる従姉妹のふみ子姉ちゃんと母と三人で探すことにした。ふみ子姉ちゃんは、いるだけで周りが明るくなる性格で、幼い頃から大好きである。私は彼女のような人に未だ出会ったことがない。三人で不動産屋を回るも、なかなかいい物件がない。夕方になった頃、西武新宿線の中井の寿荘に決めた。そこは線路沿いにあり、私の部屋は鉄の階段を上がった2階8号室、6畳一間で風呂はなくトイレ共同で2万4千円である。電車の音がうるさいが直ぐに慣れた。窓を開けると電車に乗っている人たちの顔まで良く見える。

3月も末のある日、大貫に戻って、博と会って浜で話をした。

「博、就職できたのは良かったけど、大貫に帰れなくなっちゃったなあ」

「俺はそうなるような気がしてたよ。一回東京に出ちゃったら、帰って来るのは難しいからなあ」

海を見ながら、寂しそうにつぶやく。博の言う通りかも知れない。返す言葉が見つからない。しばらく、波の音をただ聞くだけであった。

家に戻ると、留守番をしていた父が

「由和、さっき電話かかってきてな。新宿の落合第六小学校の教頭先生だった。いまいないと言ったら、また後でかけなおすそうだ」

そう言われ、もしかしたら？　その学校が勤務場所かもしれない、そう思った。それから1時間ほど経って、電話の呼び鈴が鳴る。出ると

「もしもし、新宿の落合第六小学校の教頭の久保庭と言います。三木由和君ですか？　新宿の教育委員会から連絡がありまして、4月1日から本校で勤務してもらうことになりました」

「そうですか、分かりました。よろしくお願いします」

「こちらこそ、よろしくお願いします。それでね、三木君と同じ用務員さんがもう二人います。一人は女性で斉藤美代子さんと言います。もう一人は男性で石井信雄さんと言ってね、この道40年の大ベテランだから、いろいろ教えてくれると思います。では、4月1日に会いましょう」

受話器を置くと、この道40年は凄い。どんな人なのか？　頑固な職人のような人なのかな？優しい人なのかな？などと考える。でも考えても仕方がない。

3月31日、入区式を明日に控え大貫から再度上京する。1年前に訓練校に向かう時とは、また違う緊張感を感じる。家を出るとき、玄関で靴を履き終えると背後に父が立っていた。カバ

ンを手にした私に
「しっかりやれよ！」
とこのうえなく真剣な表情で言う。私はあまりにも真剣な父に、返す言葉が出てこないのと照れ臭さで、微笑んで見せる。そんな私を見て、父も笑いながら
「ばか！　笑って……」
と言う笑顔の父を背にして玄関を出た。これが最後の会話になるとは夢にも思わなかった。
しかし、父はもしかしたら何かを感じていたのかもしれない。
父の本音は地元で就職して、この家を継いで欲しかったに違いない。思い返せば名前を付ける時、由行にしようと言う周囲に
「いや、由行じゃ、家から出て行ってしまうと困る。由和なら大丈夫だろう。由和だ！　由和にするぞ！」
命名由和、三木由和とした。
幼い頃、施設に行きたくないと柱にしがみつく私を許し、手元で育て上げてくれた。そんな私が東京の訓練校からときどき家に戻り、また訓練校に行く時間になると、父はスーッと姿を消す。私は単純に浜の様子を見に行っただけにしか思っていなかった。姉や母は父が、私の出て行く姿を見ることが嫌で、姿を消すのだということに気づいていた。そんな父がこの日に限って、玄関で私を見送ったのだった。

初出勤

1983年4月1日の朝、岩下さんに教えてもらったように、ネクタイを結びスーツに身を包むと、見た目は一人前の公務員である。

新宿区役所に行くと、区役所内のいちばん大きな部屋で入区式が始まった。ざっと見渡すと100人は超える新入職員である。全員の名前が呼ばれ、全員で全体の奉仕者としての宣誓をした。最後に山本区長からの言葉があった。冒頭、区長は新職員の中に障がい者を採用したことに触れ、障がい者に対する社会参加への区としての取り組みに理解を求めた。この年に採用された職員の中で障がい者は三人ほどである。私と染谷さんと浅野君である。染谷さんは初対面であったが、浅野君は私と同じ訓練校からの推薦である。彼は訓練校時代、時計科に在籍していた。そして、新宿区での所属は環境課である。私と染谷さんは用務員として、教育委員会からそれぞれの学校に配属された。

入区式が終わると、各所属の職員が迎えに来ていた。それぞれの職場に向かう。私を迎えに来たのは、斉藤さんという女性の用務員である。タクシーで落合第六小学校に向かった。タクシーの車内

「うちの学校はね、小さい学校なんだよ。新宿のはずれのほうなの。区役所からは一番遠いのよ」

などと説明してくれた。でも、説明してもらっても土地勘がないのでよくわからない。学校

に着くと、この学校が小さいのが、大きいのかもよく分からない。最初に主事室に行くと女性二人がいた。挨拶をすると皆さんで

「あら、斉藤さんの息子さん見たいだねえ、こんなに若い人だと思わなかった！」

「そう言えば、あなたは何年生まれなの？」

「昭和36年生まれです」

「え～、私34年にこの仕事始めたのよ！　ということは、私この子が生まれる前から入区しているのねえ。おら、やんだ」

斉藤さんは笑いながら、秋田弁を使った。斉藤さんの出身地は秋田県の北部だという。

次に職員室の教頭先生に挨拶する。

「どうも、三木君。先日電話でお話しした久保庭です。一緒に校長先生にご挨拶に行きましょう」

そう言うと校長室に行き、石川校長に挨拶をした。久保庭教頭は気さくな感じであるが、石川校長は何を考えているのか？　どんな人なのか？　分からない。

主事室に戻ると、改めて二人の女性が挨拶する。この二人は、小松崎さんと丹野さん、学童擁護員だという。でも、学童擁護とはどのような仕事なのか？　分からない。後に分かったのは、学童擁護とは、児童の登下校の際、黄色い旗を持ち交通事故から子どもを守る仕事ということ。彼女たちは、みどりのおばさんという名称を異常に嫌っていた。学童擁護員という職名があると、それが彼女たちを支えるプライドであった。

そしてそのような、異常とも思えるプライドは用務員にも存在していた。東京の学校では用務員のことを主事さんと呼んでいる。そういえば、辞令にも主事を命ずると書かれている。だからこの部屋も用務員室ではなく、主事室と表示されている。教員も児童も保護者も主事さんと呼ぶ呼び名が浸透していることに驚いた。そうはいっても、用務員という名がなくなったわけではない。主事の中には、学童擁護員、給食主事、学校警備員、用務主事が存在しており、これらを区別する時には用務主事と呼んでいるのである。

仕事をしていくうちに、だんだん見えてきたのは、学校というところは教員と教員以外の職種に二分されているということだ。教員は明治5年から変わらぬ先生様で、それ以外は、言い方は悪いが召使いである。これは大学を卒業して直ぐに先生様と呼ばれてきた人種には解りえない。

こんな話がある。ある用務員さんが銭湯に行くと、偶然に所属する学校の児童に会ったという。子どもは用務員さんを見つけると、大きな声で

「あっ、用務員のおじさんだ。用務員さんだよ。パパ見て用務員さんだよ」

と指を指し、用務員を連呼され逃げ場もなく、無視も出来ず苦笑いするしかなかったという。仕事にプライドを持てなくても、自分にはプライドがある。そうだったのだろうと思う。この人が教員だったら、こんな話題にはならないはずだ。

私はこれから、障がい者差別に加え職業差別と共に生きていかなければならない。初日の出

勤は挨拶で終わった。

石井さんとの出会い

小学校始業式の日、この日に初めて会う人が沢山いる。石井信雄さんもその一人だった。久保庭教頭からは、この道40年の大ベテランと聞かされていた。朝、いつものようにおはようございます、と主事室に入る。自席に座るとしばらくして、年配の気難しそうな男性がやって来た。雰囲気も話し方も、声楽家、作曲家で知られる藤山一郎にどことなく似ている。

「おはよう。君が三木君だね。石井です」

「はい、よろしくお願いします」

そう言うと石井さんと斉藤さんの雑談が始まった。石井さんは当時62歳であるが、定年制度がまだ敷かれていない。本人が元気であれば、何歳になろうとも勤務することが可能であった。

そうこうしているうちに、内線で久保庭教頭から石井さんと私に校長室へ来るようにと、呼び出しが入った。校長室に行くと、数人の先生方がいて雑談をしている。その内容から今年度からこの学校に勤務する人たちであることが分かった。そういう意味では、私と石井さんも同じである。校長から簡単に紹介があり、その後直ぐに職員室へと向かった。

みんなバラバラに廊下を進んでいたので、職員室に入る時もバラバラである。私が入ろうとした時である。すぐ後ろにいた石井さんが声をあげた。

「三木君、先生が先！」

慌てて、後ろに下がると恐縮したように、先生は二、三度お辞儀をして苦笑いを浮かべる。中に入ると、校長から職員全体に紹介されていく。それが教員からの紹介で、主事は後回し。最後に紹介をされたのが私だった。この時、なぜ石井さんが、先生が先！と言ったのか？理解した。同時に、学校職場の封建的社会に初めて触れたのだった。

始業式が始まった。児童と対面するのも初めてで緊張する。児童数は２５０人位しかいないのだが、人数ではない。上田先生が最初に朝礼台に立つ。さすが、教員である。立ち振る舞いも素晴らしいし、何より落ち着いている。自己紹介、前任校の話などをした後、おもむろにギターを抱え、歌を聞かせた。「切手のないおくりもの」と言う曲である。この場にピッタリの歌である。

私の前に挨拶をした石井さんは

「主事の石井です。よろしくお願いします」

と言うだけであった。これだけで良いのであれば、心配はないと安心して私も同じようにした。だが、朝礼台に上がると大勢の子どもたちの視線を受け緊張する。始業式が終わり、児童下校の後に家庭科室で食事会をしたことは覚えている。

数日が経過すると、子ども達が主事室の周りに集まって来る。とくに10時過ぎの20分休みや昼休みなどは、芸能人を見にきたかのように窓の隙間からのぞき込む。教頭がその様子を見て、

「主事さんたちは凄い人気だねぇ。職員室にも少し分けてもらいたいねぇ」

とニコニコ笑いながら話す。それを受け、

「それは俺たちのような、こんな年寄りより、年の近い若い子の方がいいに決まっているからね」

子ども達は私に会いに来るのである。お兄さん、お兄さんと私の姿を見つけるたびに声を掛けくれるのだった。私が校庭や廊下を掃除していると、お兄さん頑張ってねと応援してくれた。私は一緒に仕事をしている石井さんや斉藤さんに気兼ねしながらも

「どうもありがとう。みんなもがんばれ〜」

と右手を挙げて答える。そんなある時、仕事中の石井さんの手が止まった。私を睨み付けながら

「おい、お前にひとこと言って置くけどな。いいか、絶対生徒に色目を使ったり、手を出すんじゃないぞ！　それだけは、肝に銘じておけ、分かったか」

と私のおでこを小突いた。はい、と返事はしたものの、そんなつもりはこれっぽっちもない。でも、言い訳をしたらおかしくなる。そんな目で見られていたのかと思うとこの先の立ち振る舞いが難しい。もしかしたら、主事室の中で、私のいない時にそう言う噂をされていたのかも知れない。単純に石井さん個人がそう思っただけなのかも知れない。いずれにしても、他の主事に対して気兼ねしていたことは正しかった。それが伝わらなかったことは残念であるし悔しい。でも、応援してくれる子ども達には何も関係ない。私はこの時から少しずつ意識的に子ど

も達と距離を取るようになっていった。

一人暮らし

仕事を終えてアパートに帰ると、仕事からの解放感でしばらく何もしたくないし、何も考えられない。ただ呆然とする時間がながれる。30分ほど経つと、今度はいたたまれない寂しさに襲われる。そうなると直ぐにテレビの電源を入れる。とにかく、誰かの声が耳に入れば落ち着くのである。しばらくすると、今度はお腹が空いて来る。何か食べに行くか買って来るしかない。それは分かっているのだが、体が疲れていて外に出て歩きたくない。もうしばらくこのままでいようと思っているといつの間にか眠ってしまう。空腹で目を覚ますとテレビだけが賑やかにしゃべり続けている。我に返り時計を見てみると10時近くなる。

気を取り直しコンビニに買い出しに向かう。コンビニでお弁当や飲み物、明日の朝のためのパンなどを買い込み帰って来るとやっと夕食にありつける。食べ終わるともう12時近い。早く寝ないと用務員の朝は異常に早い。目覚まし時計を5時半にセットして、朝起きると昨夜買っておいたパンをかじり、6時には家を出る。このような生活がしばらく続いた。

初めて迎えた土曜日の午後、お客様が来た。最初のお客は同じ職業訓練校に通っていた脳性小児マヒの淳だった。何だか、1か月会っていないだけなのに、とても懐かしく思う。淳が恋人のように愛おしくも感じられる。職場では同年代の人もいないし、冗談も言えない。共通する話題すらない。淳は気兼ねなく話ができる、私にとってありがたい存在である。彼はこの中井のアパートに頻繁に来てくれた。

一人暮らしのアパートに帰っても職場のストレスは解消されない。週に一度くらいの割合で、職業訓練校の同級生岩手県(あだ名)に会いに行く。岩手県は中央線の武蔵境から西部多摩川線に乗り換え多磨墓地前に住んでいた。岩手県と話をしていると、楽しく時間が経っていく。夕食食べて帰宅すると12時近くなってしまう。それでも、朝になって職場に行く元気があるのは、淳や岩手県のお陰であった。

けれども、この二人に職場の愚痴はこぼしたことはなかった。なぜかというと、みんなそれぞれの障がいを抱えて社会に出ている、私だけがたいへんな思いをしているのではない、それは口に出してはならないことであると思っていたからである。そう振り返れば、二人の口からも職場の愚痴はおろか話題にすら上らない。

岩手県のアパートに行くと、段ボール箱一つと布団が一組あるだけだった。私の中井のアパートより優れていたのは、部屋にトイレが設置されている。けれども、和便器なので男性にはいささか使い勝手が良くない。部屋の真ん中に置かれた段ボール箱には何も入っておらず空だと言う。では何のために置いてあるのか?と質問してみた。

「だってさあ～。コンビニさ～行ってよ、弁当さ買って来て食べるのにお膳さねえから。電器屋さんに行って、いらない段ボール箱さ～ねえですか?って言って、貰って来たんだべよ」

なるほど、そういうことかと納得できた。

1万円札が行ったり来たり

私の給料日は、毎月15日と決まっている。4月15日初めての給料を貰った。初任給は手取りで8万円である。その8万円から2万4千円の家賃、電気、ガス、水道代、電話代を支払うと手元に4万円ほどしか残らない。でも、4万円もあるのだからと気が大きくなって、夕食は外食、淳が会いにくればおごってやる。次の給料日まで10日ほどのところで残り1万円となってしまい、どうしたものか?と考える。

その結果自炊生活に切り替えた。米は買ってあるのだが、炊くのは面倒くさい。しばらくは、サッポロ一番の味噌ラーメンでしのぎ、それに飽きてきたら米にすることで自分に納得させた。けれど、即席ラーメンだけではお腹は満たせないし、栄養的にもいま一つのような気がする。そこで、切り餅を1kgと納豆を数パック買って来た。幸いにアパートの道を隔てた所に都民生協があり便利だった。ラーメンを作り、そこに切り餅を入れ煮込む。雑煮のようなものだ。最後に納豆を加えて完成である。見た目は悪いが、なかなかうまい。題して力納豆ラーメンである。私は当時を懐かしんで、今でもたまに食べたくなる。

そんな貧乏暮らしは、岩手県も同じようなものである。岩手県の給料も私とほぼ同じであった。でも、岩手県の給料は月末である。私の方が半月早く、給料日が回ってくる。最初にどちらから言い出したか忘れてしまったが、1万円を借りる。半月経って給料日になると1万円を返済する。さらに、半月経つ頃1万円を岩手県に貸してやる。私と岩手県の間で1万円札が行ったり来たりを繰り返していた。そして、この1万円が二人の生活を支えていたのである。

「岩手県！　お互いにフトコロが、しばれるねえ」

「うんだべさ〜」

と二人で顔を見合わせて笑うしかない。

その後、岩手県は高田馬場にあった事務の職業訓練校に進み、事務員として都民生協に再就職した。

父の死

私は職場でのストレスを抱えながらも、何とか生活が出来ていた。淳や岩手県の存在が私を精神的に支えてくれていた。その他にもどうしてもやらなければならない事があった。自動車の運転免許教習である。職訓卒業の時まで取得できなかった。週に一度くらい乗らないと感覚が鈍ってしまう。したがって、日曜日になるとあづま園に行って、1時間の教習を受けていた。経済的にもかすかすな状態であったが、週に1時間位なら何とかなっている。そんな新宿での暮らしに追われて、大貫に帰る余裕もない。

4月があっという間に過ぎ、5月のゴールデンウイークも忙しく過ごしていた。ただ、忙しいだけで充実感はない。必死の思いだけが自分を支えている。そんなある日、出勤して間もなく斉藤さんから話をされた。

「三木ちゃん、私ねぇ、秋田県に法事があって、来週帰らないといけないの。だから、土、日、月で行くので土曜日と月曜日に休暇貰ったからよろしくお願いね」

「分かりました。行ってらっしゃい」

と返事しながら、休暇を取る時は周囲にこんな配慮が必要なんだな、ということを意識した。当たり前といえばそれまでであるが、学生であった頃には思いもよらなかったことである。ここで、社会人になれたのだと実感した。

相変わらず、一日の仕事を終えてアパートに戻ると疲れてしまい何もやる気が出ない。夕食を取らずに眠ってしまうことも珍しくはない。そんなある日、電話の呼び鈴で目を覚ました。寝ぼけながら、受話器を取ってみると義理の兄、正男からであった。

「もしもし、あのな、じいさん（父）の具合が悪くて、もうあぶないんだよ。もう、この時間だから、明日の朝になったら帰って来いよ」

その電話から緊張感が伝わってくる。私は分かったと言って、受話器を置くと時計に視線を移した。まもなく11時になる。テレビの音声だけが耳に響く。また、テレビをつけたまま寝ていたらしい。

夜明けを待って、職場に電話をかけてから実家に向かった。大貫駅に着くと駅員さんに呼び止められる。

「三木さん、家の方からの伝言です。先に家に帰って、待っていてください、とのことでした」

私は伝言通りに家に向かい、一人でいるとまもなくして自動車の音が聞こえた。車から降ろされたのは父の遺体であった。私は自分の目の前で展開されている現実が受け入れられないでいた。30分ほど経った頃、姉から職場に連絡した方がいいと言われて電話をかけた。教頭が電話に出た。父が亡くなったことを伝えると、通夜、告別式等の日程が決まり次第連絡するように言われた。この後の詳細については、よく憶えていない。

告別式の日、久保庭教頭が大貫の実家まで来てくれた。

「こんな遠いところまで来て頂いて、ありがとうございます」

「私ね、大貫の駅からタクシーで来たんですけど、タクシーの運転手さんに何方が亡くなったんですか?と訊かれて三木さんです。と答えたら、吾郎さん亡くなったんですか!と驚かれてね。家まで乗せて来てくれたんですよ。とても、助かりました」

「この辺りは、皆さん顔見知りなんですよ。田舎ですから」

「私がね、3月の末にお電話したときにお父さんが出られて、私は留守番をしてるんですよ、とおっしゃられていたんですよ。声はお元気そうでしたのに……」

久保庭教頭は1時間ほど、母の話を楽しそうに聞いてくれた。私の幼い頃の話である。施設に行くのが嫌だとこの柱にしがみ付いたことなど、母の話はとどまるところを知らない。
久保庭教頭は話を聞き終わると
「それでは、私はそろそろ戻ります。実のお父さんなので忌引きが10日あります。10日間ゆっくり休んで、元気な顔を見せてください。じゃあ、学校で待っているからね」
と優しい言葉を残し、東京に戻っていった。
告別式が終わると、親戚回りやら、初七日法要の準備などと気ぜわしい日々であった。
そんな中、船橋のおばさんから
「由和君、お父さんと最後に交わした言葉は何だった?」
という質問に直ぐに浮かんでこない。間をおいて、そう言えば
「しっかりやれよ!」
と言われたのが最後だった、と答えると
「やっぱり、お父さんは由和君の就職が決まって安心したんだねぇ」
としみじみ言う。母はまさか死ぬとは思わなかったから、私には入院していることさえ知らせなかったと言っていた。

用務員はつらいよ

10日間の忌引き休暇があけ、出勤すると重苦しい雰囲気が漂っている。それはおめでたいこ

とで休んだのではないのだから、当然であると考えていた。ところが、そういうことではなかった。石井さんが口を開く。

「おい、お前、そこに座れ！　お前10日間も家で何をやってたんだ。教頭が10日間の忌引きを取るように言ったのか？　だとしても、それを真にうけて、10日間も休む奴があるか。それに、お前だって、斎藤さんが休みをとるのを知ってたろ？　あの時、はい、わかりました。と言っていたよな！　まさか忘れてないだろうな！」

しまった、そうだった。でも、忘れていたとはとても言えない。その他の人たちは、斎藤さんを含め、みんな腕組みをして私を睨みつけている。さらに石井さんの説教は続く。

「お前なんか、家にいたって何も役にたたないだろう。どうなんだ、何か言ってみろ。どんなコネがあって、この世界に入ってきたか知らないけどな。お前なんかいつでも首にできるんだからな。まだそのぐらいの力はあるんだ」

すると、腕組みをしたまま睨みつけていた斎藤さんが口をはさむ。

「そうよ。石井さんはね、長年組合の役員をやっていたんだからね。三木ちゃん、あんた一人くらいどうにでもなるんだよ」

学童擁護員の二人も
「まったく、何を考えているのか、わからない子だね。末恐ろしいよ」

4対1である。非は私にある。ただ、首は困る。私としては、返す言葉がない。謝っても許してもらえない。ただ、説教を聞くことしかできない。情けない。辛い。このことをきっかけに、ほぼ毎日説教が続いた。2年間も両手を握り締め、太ももに置いたままただ説教を聞く毎日であった。気づけば、私の握りこぶしを置いたズボンの太ももの部分がすり減って穴が開きそうになっていた。

そんな様子を心配して、久保庭教頭はたまに私を呼び出した。花壇を整理して花を植えたいので、三木君に手伝って欲しいというのである。作業をしながら

「最近、主事室の様子はどう？　何か困ってることない？」

などと心配そうに探りを入れてくる。本当は全てを話したい。でも、どうしてもできない。それは教頭もよくわかっていた。

主事室に戻ると、石井さんは

「お前、教頭と何話してたんだ？」

「いや、特に何も話してません」

「あのな、いつも言ってるけど、教頭が何を言っても仕事をするのはこっちなんだから。勘違いするなよ」

そう言っては、私に釘を刺す。さらに石井さんは

「あのな、私は軍隊でシベリアに抑留されたんだ。お前らみたいな奴とは鍛えが違うんだよ。分かったか！」

夏休みが近くなったある日、私は腹痛と吐き気に襲われる。病院に行くと胃潰瘍だったそのまま1月ほど休職になる。

教頭が心配して母に電話をする。

「お母さん大変でしょうが、しばらくの間三木君の食事を作ってやってくれないかなあ。医師から食事制限もあるのでね」

それをきっかけに、母は大貫と新宿を行ったり来たりするようになった。不思議な事に、大貫に居る時より、新宿に来ていた方が背筋も伸びて生き生きとしている。そんな母のためにも、自分のためにもクビになるわけにはいかない。

でも説教はつらい。ほぼ毎日、一日中説教を聴く。それが私の仕事である。トイレに行き個室で涙ぐみながら、自分で自分の舌を噛んで見る。もともと、丈夫な歯ではないが、やっぱり痛い。私以外の主事には、私というはけ口があるが私には何もない。ただ耐えるしかない。それが悔しい。情けない。

息抜き、清行さんからの電話

休暇期間が終わり職場復帰したものの、状況はちょっと分からない。

復帰した日に校長室に呼び出された。校長からも説教されるのかと、びくびくしていると

「体調はどうかな？ まあ、いろいろあるだろうけど、病は気からと言ってねえ、気をしっ

かりと持ってやっていきなさい」

と言われた。励ますつもりだったのかもしれないが、病を抱えている人にかける言葉とは思えない。校長とは？　この程度のレベルの人間なのか。私はがっかりして校長室を出たことを覚えている。

そんなある日のこと、電話がかかってきた。出て見ると懐かしい声が聞こえてきた。木更津東高定時制の清行先生からの電話だった。

「あ、もしもし三木か？　お前、元気か？」

元気ではないが、元気と答えるしかない。

「今週の木曜日に東京で演劇を見に行くんだけど、お前、一緒に行かないか？」

行きたいと飛び付くように答える。

「じゃ、5時半に下北沢の駅の改札口で待ってるからじゃあな」

下北沢なんて行ったことがない。でも、ただ会いたい一心で向かった。下北沢の改札口は一つしかなく、改札を抜けると直ぐに懐かしい顔が目に飛び込んできた。演劇を見る前にラーメンを食べて腹ごしらえをする。開演時間まで30分位しかないが、味噌ラーメンがうまい。食べ終わると直ぐに劇場に向かう。劇場は狭苦しく、満員状態であった。肩と肩がぶつかるような感じである。演技が始まった。ストーリーがよくわからない。終わった後、

「なんだか分かんなかった」

と言うと
「なんだか分かんないけど、面白かっただろう。それでいいんだ。みんななんだかわからないっていうんだよ」

演劇が終わると電車で新宿まで一緒に帰った。新宿に着くと
「じゃあな」

と言って、清行さんは帰って行った。ゆっくりと話をする時間もなかったが、それがよかった。じっくりと話をしていたら、きっと自分を保っていられない。これでよかったのである。いい気分転換ができた。

一晩寝ると、現実に引き戻される。朝の足取りが重い。また今日も説教が始まる。でもこれが私の仕事である。

それからも、清行さんはときどき電話をくれた。演劇の誘いがほとんどだった。そして清行さんは2回ほど、定時制の頃の事務員さんも連れて来た。懐かしいの一言である。

そんなある日、いつものように下北沢で待ち合わせをした。その日は土曜日で翌日は休みであった。清行さんは同僚の教員を一人連れていた。石城正志さんと言う体の大きな人である。彼は私に親切にしてくれた。ラーメン屋の割り箸を割ってくれたり、椅子を引いてくれたりと至れり尽くせりである。障がい者と関わったことのない人はだいたいこんなもんである。演劇が終わると、劇団の役者達と打ち上げに参加した。石城さんは酒を飲み過ぎてしまった。電車

の中で、何度も前に倒れる。けれども、その都度手をつくので不思議に顔から落ちない。夜も遅いので私のアパートに泊まる事になった。アパートに着くと一つしかないベッドは、石城さんに占領されてしまった。私と清行さんはこたつで寝た。翌日に三人で新宿に向かった。歌舞伎町のスカラ座という喫茶店に入り、いろいろな話をした。私はそこで夢を話し始めた。

「あのね、俺、結婚したいんだ」

すると二人が顔を見合わせ。

「お前なんか結婚できるわけねーだろ。百年早いんだよ」

と二人で攻める。

「なんで?」

なんで、二人とも同じことを言うのか不思議だった。

「なんでって、俺たちがまだ結婚してないのに、お前ができるわけねーだろ!」

なるほど、そうか。言われてみれば、その通りかもしれない。三人で大笑いした。

私にとって、ときどき清行さんたちと会えることは、職場での嫌なことを忘れられる大切な時間だった。けれども、職場でのつらさを清行さんに話したことはなかった。なぜなら、楽しい時間を壊したくなかったし、話始めたら自分を保つ自信がないからだった。

運転免許証とったよ

父を亡くして、体調を壊した後も運転免許の教習は続けていた。あづま園教習所は場所を埼玉県新座市に移した。場所を移しただけで、相変わらずの未公認である。未公認ということは、試験を受けるときは運転免許試験場に行かなければならない。運転免許試験場は東京都府中市にあった。試験はとても厳しい。助手席に警察官を乗せて試験が行われる。この助手席の警察官が非常に厳しいのだ。

「悪いところが一つもない。だけどね、直線で僅かにブレを感じた。悪いけど、もう少し教習が必要だな」

自分ではほとんど感じない。言葉は悪いが、言いがかりにしか感じない。一旦試験を落とされると教習所でさらに5時間乗らないと次の試験が受けられない。5時間乗るにはどんなに頑張っても一月はかかる。同時に、お金もかかる。ダブルパンチである。でも仕方がない。ここまできてやめるわけにはいかない。私を支えていたのは、園長の必ず取れるからね、という何の根拠もない言葉であった。思い返せば、仮免の試験も5回目の挑戦だった。助手席に乗る警察官は人の命がかかっているからそう簡単に免許は与えられないと言う。そりゃそうだろ。納得するしかない。

そして8月1日。教習所に通い始めてすでに一年が経とうとしている。天候も快晴である。ハンドルを握る手に汗がにじんでいた。いつものように警察官を乗せて、試験がスタートした。

車は府中の試験場を出て狭い路地へ入る。府中試験場の周りは道幅が広く、緑も多く、とても走りやすい。だがこの日、警察官が指示したのは、道端の狭い坂道だった。言われるがままに必死で運転をする。やがて車は府中の試験場に戻って来た。車を降りて試験の結果発表を待つ。しばらくすると、警察官がやってきて口頭で結果を発表する。

「三木さん、合格です。大変だったかもしれないが、試験場で警察官を乗せて合格したことを誇りに思ってほしい。自慢してもらってけっこうだと思う。事故を起こさず、いいドライバーになってください」

そう言われ、その場で免許証が公布された。長い道のりだったが、なんとか運転免許を手にすることができた。

記憶から消された説教

用務員2年目を迎えたとき、石井さんから話される。

「あのな、今年度から再雇用の用務員を一人増やしてもらうことにした。俺が教育委員会と交渉したんだ。なぜかというとお前が仕事が出来ないからだ。いいか、恥ずかしいと思え」

4月1日から再雇用の女性が加わった。体の小さなおばあさんで澤田さんという。この澤田さんも私にとっては厳しい人だった。澤田さんは家族全員が新宿の職員であった。そして、皆組合の役員をしている。バリバリの共産党員である。沢田さんに最初に説教されたのは、校庭を清掃作業していたときのことである。途中で休み時間になってしまった。子ども達がたくさん出てくる。ぶつかると危険なので、一旦主事室に待機することにした。私は持っていたほうきを柄の方を下に立てかけた。すると、それを見た澤田さん
「ちょっと、あんたさぁ。ほうきを逆さに立てかけるって何だい？」

私には、澤田さんが何を言っているのかが分からない。

「いいか、あんたがやったほうきを逆さに立てかけるという行動は、お客さんに対して早く帰れということだよ。知らなかったでは済まされないよ」

この私の行動について、一週間ほど説教が続いた。さらに、石井さんは私と口をきいてくれなくなった。視線も向けていない。説教もつらいが、無視もこたえる。どちらがいいとは言えない。掃除をすれば、まだ汚いと説教される。朝は朝で仕事が遅いと吊し上げられる。何をやっても、説教のネタとなって、襲い掛かってくる。ある日の朝、澤田さんが突然私に話し始めた。

「三木ちゃん、なんかさ、この仕事やっていたってできないんだから、やめたほうがいいんじゃないの？　障がい者の年金をもらって、生活保護を受けてなんとか生活できるように共産党の議員さんに相談してあげるよ」

と下調べは済ませてあるかのような勢いで退職を迫って来る。いつものように、両手の握りこぶしを両足の太ももに乗せ、無言で話を聞く。朝からこんな話は辛い。握り拳に一段と力が入る。この握り拳に込めた力はどこにも持っていけない。

またある時、幼稚園の教室を清掃作業していると突然電気が消えた。斎藤さんが消したのだ。

「あんた電気がついていると見えないんだから、私が消してやるよ」

「はい、ありがとうございます」

斎藤さんは完全に意地悪をしたつもりだろう。けれども、照明を消すことで床のフローリングが光らず細かい砂などが浮き上がったように良く見える。これは新しい発見である。本当にありがとうという思いもあるが、こんな意地悪をされるのは、小学校の頃の太田族との戦い以来である。

ある日、奥歯が痛みだして仕方がない。すると、学童擁護員の小松崎さんが、

「だったら、すぐ近くに鏡歯科医院があるから行ってごらん。いい病院だよ。ここの生徒も何人か行っているし……」

と親切に教えてくれた。私はその日、勤務を終えると教わった病院に向かった。診察室に入ると医師は
「あ、これはもうだめだ。奥歯2本抜かないとダメだよ」

と言われ、医師の言う通りその日に奥歯2本抜いた。翌朝、学校へ行くと小松崎さんに報告をした。すると小松崎さんから思わぬ答えが返ってくる。

「えっ、いきなり2本も脱いたの！　全くヤブ医者だね。抜くような医者はヤブなんだよ。そんなところ行くからだよ。もう行くのをやめなさい」

ところでも怒られてしまった。でも昨日言っていた話と全く違う。別人のようである。

私はどうしようもなくなって、一大決心をする。同僚がみんな帰った後、一人だけ残り、教頭に異動希望書類を提出した。教頭はそれを見て深刻な顔をしてこう言った。

「あのね、大変かもしれないけど、今三木君が異動する必要はないよ。三木君が異動しなくても、ほかの人が変わっていくから、この書類、なかったことにするよ。いいね！」

と言うと、教頭はその直後、私の提出した異動希望書類を目の前で破いた。帰宅しながら、残念な気持ちとは裏腹に、なぜか安心したような気持ちになった。

その後もいろいろな意地悪は続いたが、何が起こったか？　具体的に覚えてない。私は記憶力に自信がある。子供の頃から誰が何を言ったのか？　しっかりと覚えている。その私が用務員となってからのいじめや意地悪についてほとんど覚えてないのだ。思い出そうと思っても、思い出せない。なぜなのか？　自分なりに分析して見る。おそらくは、自己防衛の表れであると考える。嫌な記憶を脳から削除することによって、うつ病などのから身を守ろうとしているに違いない。この当時のことをすべて覚えていたら、精神的にまいってしまう。人間は良く出来た動物である。

第5章　教師をめざす

用務員からの脱出？

1985年新宿区の現業職員に60歳定年退職制度が導入された。それまでは体が元気であれば、年齢に関係なく働くことができた。したがって80歳を超えていても、用務員さんとして活躍する人が何人もいた。この制度の導入で、石井さんは退職することになった。

石井さんの代わりに着任したのは、竹沢さんだった。竹澤さんは58歳の男性、とてもやさしくて、楽しい人だった。竹沢さんの着任後、私への説教はめっきり減った。

心にゆとりが出てきた。この年の慶應義塾大学通信教育部のスクーリングに挑戦することにした。やっと夢が叶った。国文学、東洋史、日本史、西洋文学と4教科8単位を取得した。慶應義塾大学の単位を取っても私の心に何か引っかかるものを感じていた。

そんな日々の中、清行さんの演劇の誘いを受けて下北沢に行った。その日、清行さんは一人であった。新宿の歌舞伎町で夕食を兼ねて酒を呑んだ。その夜は私のアパートに泊まる予定だったからじっくり話ができた。

「お前、今、職場でどうなんだ。体調もあまり良くないようだし、人間関係だって大丈夫なのか？」

私はだいぶ酔っていたこともあって、今までの思いが一気に吹き出た。職場での人間関係を語ると、清行さんの前で泣き崩れた。しゃくりあげて泣く。涙で言葉が出ない。

「生き方がわかんなくなっちゃった。体も壊して、あまり長生きできないかもしれないね」

と、やっと絞り出して出た言葉であった。

清行さんはそれを聞くと、少し困ったような顔でしばらく言葉が出ない。

「いや、生き方はそれでいいと思うよ。今職場で、何か差別されている、対等じゃないような気がしているんじゃないか？」

その通りである。

まず、用務員と教員の差別を感じる。給料だって教員の方が多い。それどころか社会的差別を感じる。それは明治から守り継がれて来た先生様は、絶対に超えられない序列のようなものを感じる。

「ある日、１年生の男の子がトイレで漏らしたんだ。そしたら、担任のおばあちゃん先生がすごい形相で叱りつけてるんだ。その様子を見て、トイレは俺が掃除するから、もう叱らないでください。と頼んでも、叱り続けていたから。先生、この子きっと大人になってもいまのことしっかりと覚えていますよ、と言ったら用務員の分際で何を言っているんだ、という顔で睨みつけられた。俺はその男の子一人助けることができなかった。情けないよ」

「本当はお前自身が職場で開放感を得られるように頑張って、対等な人間関係を気づいていくのが良いんだけど、難しいなあ。もう一つ気になっているのは、慶應の通信で日本史を勉強しているだろう、あれもだめだな」

私にとって、慶應の通信は自分を保つため必要なものだと考えていた。清行さんの話は続く。

「日本史を学習しても、お前自身は少しも解放されない。少しも変わらないじゃないか。そこだよ、問題は」

「でも日本史、好きなんだ」

「そうかなあ、俺はやっぱり福祉について考えた方がいいと思うよ。つらいかもしれないが、そこで自分自身をしっかりと見直すことだと思う。お前が福祉を学ぶということは自分自身を洗いざらいさらけ出すという作業になる。だから、こわいだろう。でもそうするしかないな。だって日本史で何を学んだ?」

「それは」

「そこだよ。新しい世界がどんどん見えてくるとか、今の自分が少しでも見えてくるというならそれでもいい。好きなことをやるということはそういうことじゃないか。今のお前の日本史というのは、お前が自分からどんどん離れて行くような気がする」

清行さんには、すっかり生きる力を失ってしまっていた私に何とか立ち直らせたいという思いがあった。それは私にもしっかりと伝わって来た。

「福祉がいいよ。そこで自分のやりたいこと、言いたいことをそのまま勉強しちゃうんだ。それが一番だな」

「福祉の通信なんてあるのかなあ?」

「いや、通信より二部の方が良いな」

結局、福祉関係の大学を目指すことで話は落ち着いた。

立正大学短期大学部

その翌日早速、本屋に行き大学案内を調べる。もう、年も押し詰まった12月のことである。時間的な余裕はない。福祉関係の大学で今から受験できる大学を探す。条件は福祉が学べる大学で、夜学があり、教員免許を取得できる大学である。願わくば、受験科目に英語がないこと。学校の警備員の吉本さんとこの条件で探した。

「そんなお前の都合の良い大学なんてあるかよ?どんな大学だって、英語はつきものだ。英語のない大学なんて聞いたことない」

そう言われて見れば、確かに都合が良すぎる。しかし、大学案内と格闘して、ついにその条件で見つける。

「あった、あったよ!」

と叫ぶ私に、吉本さんが驚く。立正大学短期大学部社会福祉科二部であった。

「本当だ！　こんな大学あるんだ。この大学お前のためにあるようなもんだよ」

確かにその通りだ。試験は論文の面接と書かれている。もし、英語があったらアウトであった。

しかも、まだ今年の受験に間に合う。奇跡としか言いようがない。私はすぐに、願書を提出した。

だが、問題がないわけではない。大学の所在地が埼玉県熊谷市である。熊谷なんて行ったこと
がない。私は、一人で熊谷まで行ってみた。2時間かけて、やっと大学についた。率直な感想
は、遠いの一言である。もし合格したら、熊谷にアパートを借りるしかない。そう心に決めた。

面接で福祉科をなぜ受験したのかを問われたら、どう答えたらいいのか？不安になった。

すぐに清行さんに電話をかける。

「なぜ福祉科を受験したのかと聞かれたらどうしようか？」

と相談してみた。

「下手に小細工しないほうがいいよ。自分の思ってることを素直に話すことだ」

「そうか思っていることを言えばいいのか」

「それしかないだろ」

受験生としては、頭の中でいろいろ考える。そんな不安な気持ちが一気に吹き飛んだ。

そして受験日を迎えた。3年ぶりに、学生服に腕を通す。その日はとても寒くて、朝からど
んより曇っていた。論文はこれでもかというぐらい準備をしていた。なので、論文については

自信があった。21世紀への展望という課題であった。その後、午後から面接があった。面接官は村田教授であった。

「君は社会福祉をなぜ勉強しようと思いますか?」

やっぱり来た。この質問。思っていた通りの質問だった。

「僕は社会福祉についてよくわかりません。でも、それではいけないと思います。だから、ここで社会福祉について、きちんと勉強しちゃおうと思いました」

村田先生はニコニコとうなずきながら、私の話を聞いていた。

「そうですか。君は住所が東京都になっているが合格したらどうしますか?」

これも想定内の質問だった。

「はい、熊谷市に引っ越しをするつもりです」

と心に決めていたことを素直に吐き出す。

面接が終わり、帰りのバスを待っていると雪がちらちらと舞い始めた。どうりで寒いわけだ。やがて、バスが着くとそのバスにみんな乗り込んだ。バスは満員状態である。熊谷駅までのわずか20分程でみるみる雪景色となった。雪が綺麗だが、こんな寒いところで私は生活していけるだろうか? そんな不安が頭をよぎる。

2週間ほど経って、大学から合格通知と書類が届いた。これで私の人生が変わるかもしれない。用務員から脱出できるかもしれない。そんな夢が膨らむ合格通知だった。

翌日、職場に行き同僚に報告する。

「熊谷の大学に合格したので、4月から熊谷に引っ越そうと思っています」

すると、竹沢さんがしばらく間をおいて
「いや、どんなに遅くなっても、東京に帰ってきた方がいい。そうしないと朝が大変だよ」

とアドバイスしてくれた。それもその通りである。そうすることにした。

勤労学生

職場のある新宿から大学のある熊谷までどんなに急いでも一時間半はかかる。大学の講義が始まるのは5時50分からであった。勤務が終了してから熊谷に向かっても絶対に間に合わない。その事を校長に相談してみた。校長も新しい校長に変わっていた。すると、校長は快く3時半に退出することを認めてくれた。本来ならば、用務員の勤務は7時45分からであるが、私も含め同僚は5時30分には学校に到着していた。そういった、運用もあったのかもしれないが、ありがたい話である。

それでも、時には間に合わないこともあった。そんな時はある裏技を使う。大宮駅から熊谷駅まで上越新幹線で一駅乗るのである。新幹線料金は800円であるが、単位を取得するためにはやむを得ない。しかし、ある時、この裏技で大失敗をする。慢性的な寝不足で、疲労がピークに達していた。普段であれば、一駅立っていたのであるが、その日に限って自由席に座ってしまう。気づいてみると熊谷を通り越して高崎まで連れていかれてしまった。慌てて引き返したが、一時限目の講義には間に合わなかった。それ以後、新幹線で座ることはなかった。

入学から一週間ほど経った頃、どんどん友達が出来ていく。何か不思議な力が働いているかのように、引き寄せられていく。最初に声をかけられたのは、舎利弗と塚越の二人からであった。二人は高校の同級生で一緒に入学してきた。入学のガイダンスで、私の後ろにいた学生が机を乗り越えて私の隣に座った。

「こんばんは、ねえ何の科目とるの？」

机を乗り越えてくる。彼はかっこいい！　松本裕一君である。

「まだわからないけど、教職とりたいんだ」

それを聞いていた、舎利弗、塚越の二人が。俺たちもとるんだと言う。それは心強い。履修届に記入を始めると、前に座っていた女の子が親切に教え始めた。由美という彼女は、私と同じ東京から通っていた。塚越の漢字の書き順が違うと笑う。でも面倒見がいい。

新入生のガイダンスを担当したのは、清水海隆助教授だった。ガイダンス中教職についてはは触れなかった。私はガイダンス終了後に個人的に質問する。

「教員免許については、どのような単位が必要となりますか？」

すると、海隆先生から意外な答えが返ってくる。

「教員免許取得するには、通常の倍の単位が必要となる。だから、大学としては、あまりお勧めはしてない」

すごく冷たい感じがした。しかし、私はどうしても教員免許が欲しい。ここであきらめるわけにはいかない。

ガイダンスが終わった翌日、舎利弗から面白い話が舞い込んでくる。

「先輩から言われたんだけど、サークルを引き継いでくれないか？っていうんだよね。サークル名はＫＴＹ基礎体力養成クラブというけど、内容は何をやってもいいからという話です。新しくサークルを立ち上げると手続きが大変らしいから、この話悪い話じゃないと思うよ」

私は単純に面白い話だと思った。

「うん、その話乗った！　あとはメンバー集めだ」

松本裕一君に声を掛けた。

「うん、やろうやろう」

さらに、その日の帰りの電車で一風変わった女の子と知り合う。姉御肌で恐そうな、強そうな、強引そうな感じを受けた。思い切って、彼女も誘ってみた。

「やるやる面白そうじゃん！」

百発百中である。塩谷玲子さん、私は彼女に組長というニックネームを付ける。きっとどこかの組長の娘に違いない。そのぐらいの迫力が彼女にあった。そしてガイダンスで会った由美も巻き込む。そして、舎利弗が宮城県出身の影山を連れてくる。いずみちゃんや大山りっちゃんも加わり人数はどんどん膨れ上がっていく。あっという間に、十人を超えた。でも活動としては何をやったらいいのかわからない。とりあえず日曜日になると、動物園やドライブに行った。

本当は身体を休めた方が良かったのかもしれない。しかし、私は生きる力を取り戻した。少なくとも、用務員の中でもがき苦しむ自分とは、違う世界がここにはあった。

KTYからアドレッサー

基礎体力養成クラブではどうもしっくりこない。私たちがやりたいのはボランティア活動である。精力的にあっちこっちの施設に出向いていった。施設依頼があれば、可能な限り協力をした。

そんな時メンバーの中から名前を変えた方がいいという話が持ち上がる。私は松本くん（以後松ちゃんと呼ぶ）と相談の上、リーダーを松ちゃんにすることで決めていた。しかし、部会が始まると思ったようにはいかない。なぜか、私が部長に選出されてしまった。では次に、サークル名をどうするか？という問題が残った。

「アドレッサーだ。アドレッサーにしよう」

松ちゃんの鶴の一声で、あっさりと決まった。でも、みんなアドレッサーってどういう意味なのかわからない。松ちゃんにどういう意味なの？と質問してみた。

「これはね、フランス語で若人という意味がある」

まあ、基礎体力養成クラブよりずっといい。その後、サークルの顧問である清水海隆先生に変更を申し出た。

私は影山と二人でドライブしながら施設を探していた。東松山市であかつき園という看板を見つける。早速、行ってみることにした。あかつき園は農業を中心とした授産施設である。その対象は、知的障がい者である。園長に話を聞く。

「私たちはアドレッサーと言う立正大学の学生です。何かここでボランティアをさせてください」

「それはありがたい。ただ、ボランティアと言っても色々あるので……。どうでしょう、ここで仲間とソフトボールをやってもらえませんか？　私たちは利用者を仲間と呼んでいます。仲間は普段労働しているので、スポーツをやる機会がありません。あなたたちのような若い人と触れあって、リフレッシュしてもらいたい、そう思います」

「分かりました。ぜひ、やらせてください」

これは私たちにとっても、きっと良いリフレッシュになる。私は早速、大学に戻り人数集めを始めた。すると、あっという間にメンバーが集った。私自身も、野球をやりたかった。子供の頃から野球は大好きである。私はこのソフトボールボランティアに淳を誘った。淳は立正大学生ではないが、職業訓練校以来の付き合いで、少年時代から野球をやっていた。だから、野球は詳しくて、とてもうまい。

「うん、行く行く」

と嬉しそうに答えた。初めて自分たちで企画したボランティア活動である。そしてこのボランティア活動は思った以上に大成功をおさめる。あかつき園も大変に喜んでくれた。それと同時に、アドレッサーも楽しかった。お互いに楽しくなければ、長続きはしないし、対等ではない。あかつき園は職員も参加して、本気に勝負していた。大学に戻り、組長たちと対等とはどうあるべきか？　議論を重ねる。

「また、やろうよ。定期的にやれば、いいと思うよ」

と言う。声が上がる。実は園長の方からも

「ぜひ、続けてほしい。できれば、月に一度位のペースでやっていただけないだろうか？」

と申し出があった。それに私は即答を避けた。ただでさえ、勤労学生である。約束するには自信がない。責任が持てない。

「大学に持ち帰り、検討してみます」

と答えるのが精一杯だった。結局、私の予想を超え、アドレッサーのメンバーはやる気満々。アドレッサー以外の学生たちもぜひ参加してみたいと言う。結果的にほぼ月に一回のペースでソフトボールをするということになった。

高崎線コンパ

東京から熊谷間は約一時間電車に乗っている。東京方面から通ってきている学生たちは自然に顔見知りになっている。毎晩、帰りの電車は賑やかだった。小峰君の得意なアニメソングから、高齢化社会、いじめ問題、教育問題、障がい者問題、宗教問題、時事問題と話題には困らない。不思議なことにこれらの問題に対して議論が白熱する。それが、毎晩繰り広げられる。議論は、私と由美と組長が中心となり進んで行く。高崎線に乗り込む前に大量の食べ物や飲み物をコンビニで買い込み議論に臨む。いつしか、この高崎線の議論が学内で話題となり、誰が名付けたのか？　高崎線コンパと呼ばれるようになる。この高崎線コンパに参加したいと、下りの高崎方面にのらなくてはならない学生が、わざわざ逆方面の上野駅方面に乗る強者も現れた。

ある日のことである。その日の議題は、いじめ、体罰について白熱した議論が行われた。私たちは、白熱しているので周りがみえていない。すると、議論の途中であるが、組長（塩谷さん）は大宮で降りなくてはならない。残念そうに、しぶしぶ電車を降りる。

すると、サラリーマン風の男性が組長に声をかけた。

「あのちょっといいですか？　先ほどお話をしていたいじめ問題なんですが、私が思うには……」

と言いかけたところで

「ごめんなさい。私、東武線の最終電車に乗らなくてはならなくて、時間がないんです。本当にごめんなさい」

と別れたと言う。きっと、その人も。議論に参加したかったに違いない。私は大学院に行ったことがないが、おそらく、大学院の授業はこんな感じであろうと思っている。だとするならば、私たちは大学院並みの授業を自ら自然に行っていたに違いない。

2サイクルのアルト

熊谷駅から大学まではバスで通うしかない。しばらくは、バスを利用していたがどうも勝手が悪い。サークルの活動もあって、講義の合間などの時間を有効に使いこなすことができない。そこで、安い軽自動車を購入することにした。２サイクルエンジンのスズキアルトである。今考えると、バイクのエンジンに。軽自動車の車体が乗っかっているようなものである。走るだけなら、どうにか動く。エアコンもついてないので、ガラスが曇るのは怖い。熊谷駅に駐車場を借りた。駐車料金は月１５００円。新宿だと４万円である。車を所有したことで、時間を有効に使えるようになった。さらに、行動の範囲が広がり、翼が生えたような気がした。

初めて、大学に乗って行ったときのことである。組長が私のそばに駆け寄ってきた。

「三木ちゃん、車運転できるの。すごいね！　運転できるんだ」

と驚く。ここで終わっておけば、何も問題はなかった。けれども、組長は驚きのあまり何度も繰り返す。私は組長に怒りを感じた。

「組長、俺のこと馬鹿にしてるのか?」

と大声で怒りを表す。組長がそんなつもりではないことぐらいわかっている。驚いたり、褒めてくれるのも限度がある。私は二つの事に対して怒った。一つは組長が私を障がい者として見ている。だからこんなに驚く。もし、私が障がい者ではなかったらこんなに驚かなくてもいいだろう。なぜ必要以上に褒めちぎるのか?私は素直にありがとうとは言えなかった。組長は私が免許を取得するまでの苦労を見ていて知っているのではない。では、何に対して褒めてくれたのか?素直に受け入れることができない。もしかしたら、私の心が歪んでいるのかもしれない、そんなようにも考えた。

もう一つの怒りは、福祉の専門家になろうとする人間がこんなことではいけないと思った。ここはさらりと、受け流して欲しかった。だからこの怒りは組長への怒りではなく、社会に対してのやり場のない怒りであった。それは、私の勝手な思いかもしれない。けれども、私という人間が社会福祉を学ぶ人の中に存在している以上、こんな障がい者が存在して、こんなふうに考えているんだということを理解してもらわなければならない。そこに、使命感のようなものを感じていた。

免許を取得する際にも、ドライバーとして路上に出たとき、私がどんな障害を持っていて、運転する上で何が困っているか? 何が不便なのか? 誰も知る由がない。これこそが私が求めている、普通の人と変わらぬ生活そのものだ。

組長にはそんな話はしたことがないが、あの時、そんな思いがあった。もう、彼女は忘れてしまったかもしれない。

クルマにはブランデーのボトルが乗せてある。時々サークル活動で最終電車に乗り遅れると車の中で車中泊をして、一番電車で職場に向かう。熊谷の夜は寒い。とくに風は特徴的で扇風機の風のように吹き続ける。秩父おろしというらしい。駐車場に止めた車の中も、寒さで眠れない。ブランデーをロックで呑んでいるうちにいつの間にか寝られる。一番電車は特急車両の池袋行きである。車両は特急車両であるが、普通料金で乗れる。快適である。職場に着くと、何事もなかったかのように仕事を始める。

教職課程

教職科目がスタートした。担当は山本信良教授である。福祉科目よりも気合が入る。

「山本と申します。君たちにはガイダンスで教職についてはあまり勧めなかったと承知しています。それは文部省の方から教員免許取得者を抑えるようにと言われているからです。教職課程については、私がすべての科目を担当します」

なるほど、そういう事情があったのか。山本先生は体のおおきな先生で象さんのようにのっしのっしとゆっくり歩く。

「教育とは、教え育てること。自ら学ぶこと。二つの意味を持っています。ここでは黒柳徹子の窓際のトットちゃんを取り上げ、講義を進めていきます」

山本先生が言う。

「どんな事があっても、トットちゃん、君は本当はいい子なんだよ！と校長先生が言い続けたように、子どもを信じることとです」

毎回、山本先生の講義を聞いていると涙が出てくる。私が受けてきた。小、中学校の教育はなんだったのだろうか？と情けなく思う。山本先生は毎回のように、教育とは？　教え育てることと、自ら学ぶことの二つの意味をもっている、と呪文のように唱え続けた。私は山本先生の話が大好きだった。だから、教職科目は絶対に休まないようにしていた。でも、一度だけ休んでしまったことがあった。すると、一緒に教職科目を受講していた舎利弗と塚越が私に言う。

「三木さん、頼むから教職科目だけは休まないでよ！　山本先生が心配して、講義中何度も、三木はどうした？　三木はどうした？って訊くんだよ。その度に、わかりませんと答える。また、しばらくして三木はどうした？って言う。講義にならないんだ」

この上なく、ありがたい話である。

教育実習先を決めてくるようにと、山本先生に言われた。私は職場に迷惑をかけないように、夜間中学を考え小松川二中にお願い行った。すると、区の教育委員会が決めることだからここで実習できるかどうかは約束ができないとのことであった。それを山本先生に報告をすると、できれば出身校にお願いした方がいいと言われた。山本先生の言う通りに大貫中学校に電話をかけるとあっさり決まった。

教育実習の直前、山本先生は
「君たちがもし実習先で困ったことがあったら、大学で教えられていません、と言いなさい。そう言えば、君たちは逃げることが出来ます。山本は君たちのためならば、どんなにけなされようとも耐えます」

ありがたい言葉である。これぞ、教師。これぞ、教育だ。こんな立派な先生をけなされてなるものか！　そう心に言い聴かせる。最後に実習校に挨拶するため、先生たちが手分けをすると言う。教職科目を受講していたのは六人ほどである。山本先生から一人ずつ担当の先生が発表された。最後に私の担当者が告げられた。

「ええ、最後に三木君。三木君については山本が行きます」

私としては安心した。山本先生自ら来てくれると言うのだ。山本先生からすれば、よほど心配な学生だったに違いない。

教育実習

教育実習が始まった。指導教官は石井先生だった。石井先生は私が、中学生の頃から大貫中学校で社会科を教えていた。石井先生も。私のことを覚えていてくれた。まったく知らない先生につくよりは心強い。教育実習とはこんなものかもしれないが、とくに何も教えてくれない。

「教科書に沿って授業進めればいいから」

「だって、先生、俺、中学校の社会受けてないんだよ。知っているでしょう」

「知っているけど、まさか嘘教えないだろうよ。教科書に沿って教えればいいんだよ」

「先生、もう一つ黒板の板書ができないんだけど、どうしたらいい？」

「ああ、それは簡単だ。オーバーヘッド使えばいい。使いかたは後で教えるから。担当は2年生だから。今、江戸時代をやっている。2、3回は私の授業みて、その続きからやってもらうからね」

打ち合わせらしい打ち合わせはしていない。ただ、これだけのやり取りで実習はスタートした。

2年A組に入るように言われた。担任の先生から紹介してもらって、生徒たちに挨拶をする。

「今日から2週間、みなさんと一緒に勉強させてもらいます。三木由和と申します。よろしくお願いします」

「それでは、三木先生、後ろの席についてください」

指示された後ろの席に着くと、朝の学活が始まった。生徒の様子を見ながら私もノートを取る。学活が終わると、次の授業の間までの時間、女の子たちの質問タイムとなり質問攻めにあう。なかでもマシンガンのように質問をしてきたのは、石川あゆみという生徒である。

「ねぇねぇ、先生。先生好きな人いるの？」

この年代の子どもたちが、いかにも質問しそうなことである。

「ええ、いるけど」

と答える私に、目をキラキラさせながら身を乗り出し
「ええ？　いるの？　ねぇねぇいるんだって！　だれ、だれ？」

とさらに身を乗り出す。

「えっ、みなみちゃん」

「みなみちゃん？　みなみちゃんってだれ、だれ？　どこにいるの？」

「タッチの朝倉南だよ」

と説明すると、教室中が笑った。さらに質問は続く。

「ねえねぇ、先生。先生ＳＥＸしたことある？」

「お前さ、お前名前なんて言うんだよ？」

「えっ、石川まゆみだよ」

「まゆみ、お前、本当にスケベだなあ」

と言うと、また教室中が爆笑した。


いよいよ、日本史の授業が始まる。私が担当したのは、享保の改革や田沼意次の政治あたりだった。石井先生のいう通り、教科書に沿って、授業を組み立てる。けれども、最終的に頼り

になったのは、高校生の時のノートだった。邦子先生の授業である。私は邦子先生の授業を参考に進めていく。

最初に教科書を読んでもらう。読み終わるとみんなで拍手しようと拍手をさせた。これは単純に、私自身が教科書を読むことが苦手だからである。でもそれだけではない。みんなで拍手することでクラスに一体感が生まれたように思う。

さらに、登場人物の名前をさん付けで呼ぶ。すると、生徒たちは笑いながら聞いているのであるが、実はこれも邦子先生から学んだものである。邦子先生は無意識にやっていたのかもしれないが、こうする事で登場人物への親近感が湧く。それだけでなく、名前を覚えやすい。

この一時間の授業の中で、すべて覚えてほしいのであるが、そんなことは不可能である。日本史が大好きな私でさえすべて覚えろというのは無理な話だ。そこで、どうしても覚えてほしいというところを今日のメインと題し赤のアンダーラインで強調した。

研究授業が始まる直前、教壇の前の席の三枝さんが

「先生、緊張してるねえ」

と言葉をかけてくれる。しまった。私が緊張していると生徒に伝わってしまう。ここは普段通り、授業だけに集中しなければならない。そう、注意してくれたような気がした。

そして、この研究授業の評価が凄かった。数多くの先生方が授業を見に来てくれた。その中の評価にあったものである。

「生徒が集中して聞いている。なぜこんなに集中しているのか？　最初はよくわからなかった。しばらく聞いていると、わかってきたことがある。それは三木先生の言語障害である。聞き逃してしまうと授業がわからなくなってしまう。だから生徒は集中しているのだということに気がついた。言語障害は教師にとってマイナスではなく、むしろプラスです。あなたは素晴らしい宝を持っている」

そう言われ、障害がいきる職業がここにあったことをこの上なく嬉しく思った。さらに、石井先生から校長先生に評価を伺ってくるように言われ、校長室に向かった。校長室に入ると、校長先生は私の顔を見るなり

「あんたはよー。教師に向いてるよ。お世辞でもなんでもない。それはあなたが努力して勝ち取ったものではなくて、生まれ持ったものだと私は思う。もちろん、あなたの努力も評価しているが、そういうものではない。ぜひ、教職についてほしい。期待しているよ」

そう言われた。そして嬉しかった。教員採用試験にも絶対挑戦しようと思った。

翌日、授業を終えて、職員室に戻った私の元へ三、四人の生徒がやって来た。

「三木先生、お願いがあります。私たちも先生の授業が受けたいです。私たちにも、歴史の授業やってください」

突然の申し込みに、嬉しく思うが困惑する。

「君たちはどこのクラス？」

「二年D組です。A組ばっかり、ずるいと思う。私たち、先生の授業を受けたい」

「って言われても……。やってあげたいとは思うけど、俺、君たちの授業を受け持っていないから、君たちのクラスがどこまで進んでいるのかもわからないんだよね」

と答えた。そのタイミングで
「やってあげてください！　私からもお願いします」

と言葉がかかる。私と生徒のやり取りを黙って聞いていた、D組の社会を受け持っている先生だった。

「えっ、いいんですか？」

「もちろんですよ。よろしくお願いします」

「分かりました。やらせていただきます」

それを聞いて、喜んだのは生徒である。職員室で大声を上げ、飛び跳ねて喜ぶ。生徒が職員室から立ち去ると、その周辺で事態を見守っていた先生方が
「いいですね、三木先生。これぞ教師冥利につきますね」

と言ってくれた。確かにその通りである。

私は非常に疲れていたが、放課後、朝練と卓球部に顔を出した。卓球部では、上回転、下回転のサーブを伝授して回った。

全校朝会では、生徒たちと一緒に校歌を歌った。10年ぶりぐらいに歌う校歌である。

「ええ?! 先生校歌、歌えるの?」

生徒が驚く。

最後の土曜日の授業。私は、この日道徳の時間を1時間もらった。ここで、本当に生徒に伝えたいことを話すことにした。どのように生徒に伝わるのか? 不安な気持ちもあったが、山本先生のように生徒を信じてみよう。そう思いこの授業に臨んだ。私が生徒に伝えたかったこと、それは私の生き様だった。中学生で社会福祉を学ぶということは、少ないチャンスである。せっかく私が存在しているのだから、私にとっても最大のチャンスだった。

のちに、この時のことを渡邉美保さんという生徒が作文に書いてくれた。私はこの作文を毎年、教員採用試験の面接官に読んでもらうことにしている。私にとっての人生の宝物である。最後の授業が終わると、生徒たちは私を座らせ、もう周りを取り囲むと私に歌を歌った。贈る言葉である。私を一生懸命励まそうとしている。この子たちはすごい、そう思った。私という人間を受け入れ、理解し、そしてさらに私を踏み台にして、さらにそこからもう一段登ろうとしている。その姿を見た時、不覚にも涙が溢れて止まらない。贈る言葉の最後の歌詞に、もう届かない贈る言葉。その歌詞がさらに胸を打つ。

〈中学生の感想文〉

三木先生との二週間

富津市立大貫中学校
二年　渡辺美保

「ガラッ。」教室のドアが開いた。いつもと変わらない月曜日の朝。先生の後ろに、教育実習生がいた。先生が、

「この二週間、みんなの社会の勉強を教えてくれる三木先生です。」

これが三木先生との初めての出会いだった。私は初めて自分の目で障害者を見た。そして三木先生の自己紹介があった。そのままぼう然として三木先生を見つめていた。第一印象は、普通はかわいそうとか、気の毒だなとか思うかもしれないけど、すごく恐かった。それと同時に、この二週間、先生はみんなと一緒に生活できるのだろうか。という、とても心配な気持ちもあった。

三木先生との生活が始まった。歩き方も、話し方も食べ方もやっぱりどこかがちがう。それでも自分の障害にも負けず普通の人、それ以上に何事にも頑張っていた。私が一番好きだったのは先生の笑顔だった。いつも心から笑っていた。考えてみれば先生がいた二週間はいつも笑いが絶えなかった。あの笑顔でいつのまにかみんなの中に溶けこんでいった。

先生の授業も二、三回受けた。そして一時間、道徳の授業を受けたときがあった。先生は大学の時の話をしてくれた。三木先生が、ボランティア活動で、車椅子の少女とみかん山へ行った時の話だった。先生達は完ぺきなスケジュールをくんでみかん山へ行ったそうだ。けれど一つだけ失敗があった。それは、少女がトイレに行きたいと言い出した時、先生達は何もできなかったことだ。先生はこのみかん山へ行ったことで、いくら完ぺきな計画を立てても、やっぱりその人の立場になってみないとわからないということを実感したと言っていました。

それから先生は大学で福祉の勉強をしたそうです。初めのうち先生は、自分を勉強するようで恐かった。と言っていました。私は、なぜ福祉の勉強が自分のこと勉強するようなのかと疑問に思いました。けれどよく考えてみれば、福祉というのは、老人問題とか、社会のいろいろなことを調べたりする勉強です。その中の障害者については、福祉の一番大きな問題で、そのことをくわしく調べれば調べるほど世間が見ている自分がわかってしまう。それがとても恐くて不安だったのだと思いました。それなのに先生は福祉の勉強をしたのです。私はとても勇気のある先生だと思いました。この道徳の時間でいちだんと三木先生が大きく見えました。

それから何日かが過ぎた。二週間はとても速いもので、もう三木先生ともお別れのときが来た。これほど二週間が速いと思ったのは初めてだ。土曜日の三時間目、お別れ会をやった。最後に先生の話があった。高校一年生のころの話だった。先生は卓球が好きで、どうしても卓球部に入りたかった。そのため、普通の人なら一年で入部できるところを、一年間たのんで、一年半球拾い。ラケットをにぎって打ったのは半年だけ。この話を聞き、先生はとてもねばり強い人だと思った。そしてもう一つ障害をもつだけで、こんなにも、違いがあるんだと思いショックだった。

私は小学生のころ初めて感動した本がありました。題名はヘレンケラー。ヘレンという少女は生まれた時から、目も見えず、口もきけず、耳も聞こえないという三つの障害をもったかわいそうな少女でした。そしてヘレンは、ある先生と出会い一緒に過ごし、自分の障害に打ち勝って、りっぱに成長していく物語です。

障害者と呼ばれている人は、世間から、ちがう目で見られています。自分自身が自分の障害にくじけず、それに打ち勝って生きていくことがその人にとって一番成長できることだと思います。しかし障害をもつ人全員が、強い心、強い意志をもっているわけではありません。障害を乗り越えて生きていくことは私達普通の何も障害をもたない人間以上に、努力が必要です。

障害者に私達は、どう対応していったらよいのでしょうか。私達全員が障害をもつ人の代わりにはなれないけれど、そんな気持ちでこの問題をそのままにしておいてよいものでしょうか。まず第一に、障害者当人の気持ちになって考えるということ。あたりまえのことかもしれないけど、これは一番大切なことだと思います。第二には、障害者の住みよい社会を作るということ。障害をもった人は、普通の人よりも危険がある訳で、目の見えない人は信号も横断歩道も見えないし、耳の聞こえない人は、車の音も自転車のベルの音も聞こえないのです。ですから障害者が心から安心して生活できる環境を作りあげていくことが大事だと思います。そのためには、一人一人が気を配り、みんなで助け合って生活していくことがとても大切だと思います。

ひと塾

教育実習が無事に終わり、ほっとしていた頃。清行さんから電話が入った。

「もしもし、夏休みに箱根へ行くんだけど、お前一緒に来ないか？」

「行く行く。温泉もあるの？」

「あると思うよ。じゃよう、東京から行ったほうが楽だからお前ところに一泊泊めてくれよ」

こうして、二人で箱根に行くことになった。なにやら「ひと塾」というのに行くのだという。何だかわからないが面白そうである。箱根から登山電車に乗りホテルに着いた。どうもそのホテル全体を貸し切ってあるらしい。

そこでは、有名な先生方の授業が行われていた。みんな有名な先生らしいが、私は知らない。唯一知っていたのは無着成恭である。ラジオ番組、こども電話相談室でこの名前を聞いたことがある。私は無着さんについて一晩酒を飲みながら密着した。なぜ、こんな田舎のおじさんが有名なのか？　確かめてみたいと思った。やまびこ学校という本をその場で買い、すぐにサインしてもらった。

清行さんは、そんな私を見て権威に弱すぎる、と笑っている。善元幸夫先生もここで国語の授業をしていた。お相撲さんみたいな 大きな体の人がいるなあ、という印象を持った。漢字について授業をしていた。よくは憶えていないが、鬼が出て来る話をしていた。授業中なんども両腕を大きく広げる姿は、全てを受け入れてくれそうな安心感を感じる。数十年後、同僚になるとは思わなかった。

私と清行さんは、鳥山敏子さんの授業に参加することにした。体の力を抜くように指導している。ところが、私はもともと脳性小児麻痺ということもあり、力を抜くことができない。清行さんもなぜか力を抜くことができない。周りを見渡すと、皆さん問題なくできている。私からすれば、なぜあんなにできるのか？　不思議である。清行さんはあんなの新興宗教みたいなものだ。と笑いながら言っていた。

そしてここで出会ったのが、「人権と教育」（障害者の教育権を実現する会で、月刊で発行していた機関紙）の石川愛子さんだった。石川さんは私と清行さんに人権と教育について語り、「人権と教育」の会に参加するよう誘ってくれた。

共生隊のミッキーズ

立正大学短期大学部社会福祉科を卒業した。社会福祉主事の任用資格、児童指導員、そして、中学校社会科の二級免許も取得した。でも、また用務員だけの生活に戻ってしまった。とりあえず、教員採用試験と言う目標に向かって、勉強を始めるのだが、範囲が広すぎてどこをどのように勉強したらいいのか？ 全く分からない。きっと教育学部であれば、おおよそ見当がつくに違いない。分からぬなりにも、参考書や問題集をたよりに手探りで学習する。ペスタロッチ、コメニウス、カント、ルソー、ロックなど耳慣れない名前が連なる。

今の教員採用試験とは全く違い、重箱の隅を突っつくような問題ばかりである。いくら勉強を重ねても、合格ラインまでは遠い。よく考えてみれば、40倍を超える倍率。振り落とすための試験であるので仕方ない。

教員採用試験とは関係なく、私には大学生の頃のような、苦しくても楽しい生活がなくなっていた。清行さんに電話しても、電話の声に覇気が感じられないと言われる。また、慶応大学の頃に戻ってしまったようだとも言われた。確かに、自分でもそんな気がしている。燃え尽き症候群に陥っているような気がする。そんなある日、一本の電話がかかってきた。電話の主は組長（塩谷さん）だった。

「もしもし、私、組長です。三木ちゃん、元気？ 私さぁ、毎日つまらないんだよ。ねぇ、何か面白い事しない？ またさぁ、ソフトボールやろうよ！ 私さぁ、組長って呼ばれなくなったことが寂しくて……。だって誰も、組長って呼んでくれないんだよ。また、ソフトボールやってさあ、いろんな施設へ行って施設破りしようよ」

卒業してから、まだ一月半しか経っていないのにすごく懐かしく感じる。そして、こんな声を上げてくれたことは、とても嬉しくて
「いや、実は俺も燃え尽き症候群になっていてさあ。どうしようかと思ってたんだよ。人が集まるかどうかわからないけど、やってみるか！」

私は早速、関東地方にいるアドレッサーの卒業生に連絡を取ってみた。

「やるやる！　いつ行くの？」

集合率１００％である。みんな仕事をしているし、半分は無理かもしれないと思っていた。意外な結果である。早速、組長に報告をする。

「嬉しい。楽しみだわ」

「いや、組長、相談があるんだけど。サークル活動継続するのであれば、サークル名を作る必要がある。アドレッサーは大学のサークルとして存在しているから使えないよ。そこで、全ての人が共に生きると言う福祉の基本に立って、共生隊と言う名前はどうだろう？」

「共生隊かあ。いいと思う。それで行こう！」

名前は共生隊に決まった。メンバーは定時制後輩いわっぺ、小島君、職業訓練校の淳、旧アドレッサーの会員に加え、現役のアドレッサー。そして、用務員の仲間から唯一増田弘行さん

を誘った。彼も私と同じ脳性小児麻痺だった。さらには清水海隆先生（のちに立正大学の副学長となる）も加わり大所帯でのスタートとなった。

一回目のソフトボールの試合後、ファミリーレストランココスにてミーティングを行う。そこで出された提案が、ユニホームを作ろう。というものだった。それは面白い。対戦相手の施設も喜ぶと思う。ただ、私の中にはソフトボールはあくまでも共生隊としての一事業であり、それだけを主として活動するのは本意ではない。そこで、チーム名を決めようということになった。議論中、影山から提案が出された。

「ミッキーズだ。ミッキーズしかない」

みんなあっさりと、それまでの議論がなかったかのように賛成した。こうして、ミッキーズが誕生した。

私はもう一つ、議題を出す。学生時代のように毎日会えるわけではない。連絡手段も欲しい。共生隊としての活動記録を残したい。そこで、定期的に通信を発行していきたい。この通信の発行にあたって、通信名を考えてもらいたい。

「それも、ミッキー通信だよ。それがいいよ」

誰が言ったか忘れてしまったが、ミッキー通信に決まった。では、誰がミッキー通信を書くのか？と言う議題になった。その時、組長が手を上げる。

「はい、私が事務局をやります。だから、事務局がミッキー通信を発行していきます」

かくして、組長が事務局をすることになった。通信を発行するには、郵送料がかかる。次に、隊員から運営費を集めることになった。会費は月200円、年間1200円となった。

こうして、共生隊は誕生した。

ミッキーズの背番号争いが始まった。エースナンバー1は組長がゲットした。誰も異を唱える者は現われなかった。私は背番号3を希望した。これについては、難色を示す者もいたが、何とかゲットすることに成功した。

ところが、清水海隆先生に電話をかけたときのこと、

「ユニフォームの背番号決めているんだけど、希望の番号は?」

と尋ねる私に
「背番号ねぇ。じゃ、サン番がいいかなあ?」

「だめだよ。俺が背番号3なんだから」

「だって俺、漢数字の参だもん。問題ないだろ」

なるほど、やられた。そういう手があったか。

今になって考えると、みんな文句も言わずよくユニフォームを作ったものだと感心している。

このユニフォームは、淳の知っている川越のスポーツショップで作った。このスポーツショップに何度も値段交渉をした。それでも、一人約2万円はかかった事を覚えている。けれども、私の思惑通り施設の利用者たちはすごく喜んだ。彼らはユニフォームを着た選手たちと試合を

した経験がなかった。あかつき園の入所者の中に、ゆたか君という人がいた。彼はソフトボールが大好きだった。そんなある時、園長から
「ちょっと、三木さんこれを見てください。ゆたかが中心になってみんなで作ったんですよ」
と言って見せられたのは、ベニヤ板にダンボールと白い紙を貼り付けたスコアーボードであった。それを見た瞬間、私の目頭が熱くなった。彼らにとって、ミッキーズは共生している存在なのだ。ここまで共生隊は、彼らに愛されている。それを実感した。
もう一人、ミッキーズのユニフォームに感動し、喜んだ奴がいる。それは私自身である。子供の頃から野球が大好きで、高校野球の選手に憧れていた。けれども、野球部とは縁が遠い。一生、野球のユニフォームなんか着るような機会がないだろう、そう思っていた。だから、こんな形でユニフォームが着られてとても嬉しかった。聞いたことはないが、みんなそれぞれの思いがあったに違いない。

ミッキー通信

共生隊の隊員は関東一帯に広がっている。そういうこともあって、ミッキー通信の役割は非常に重要である。ある日、組長から
「あのさー。ミッキー通信なんだけど、私はこれを誰に向けて書いているのかわからない。これを出して、三木さんは世に出ようとしてるのか？　私はそれに利用されているだけ？　何だ

かわからないよ」

そんなことを訴えて来た。だいぶ感情的になっている。おそらく組長にとって、ミッキー通信は私たちが想像できないほどストレスになっているのだろう。

「いや、組長俺はこれで世に出ようと思っていないよ。通信はあくまでも、隊員と事務局をつなぐ重要な意味がある。活動の記録を残しておかなければならない。だから、対象となるのは隊員に向けて書けばいい。重要な事なので、大変だろうけど、頑張って書いて欲しい。頼むよ、組長！」

このように、お願いするしかなかった。

「あと、もう一つ。事務局のお金がないんだよね。みんな会費払ってくれないんだよ。これじゃ、通信出せないよ」

私はそういう訴えを聞く度に、財布の中から2、3千円を出しては組長に渡した。私にはこのぐらいしかできなかった。みんなお金がなくて払わないというわけではない。面倒くさいのだ。それも分からなくはない。しかし、運営する上では非常に困った問題である。

ソーシャルアクション

共生隊を分割することにした。関東に広がっている共生隊の隊員を県別に分割しようと考えた。各班毎にリーダーを決め運営の難しさを分かってもらおうという思いがあった。これによって、人を育てて行きたいという意図もあった。けれども、なかなかうまくいかない。

そんなある日、いわっぺの家に立ち寄ったときのこと、いわっぺがある新聞記事を私に渡した。読んでみると、千葉県木更津市では障がい者のためにバスを用意したという。その記事を読んで
「いわっぺ、これおかしいと思わないか?だってさあ、公園やショッピングに利用できても、木更津には車いすで入るトイレはないんだぞ。これは木更津市が考えたパフォーマンスだろう。障がい者が考えるパフォーマンスが必要だと思わないか?」

「おお、なるほど違いねえ。ワン(お前)の言う通りだが」

これではできない。私の福祉愛に火がついた。どうにかしてやろう。そう考えた。

まずは、問題があることを分かってもらわなければならない。そこで、共生隊千葉班の活動として、木更津市で車椅子講習会をやろうということになった。

さっそく、社会福祉協議会に協力を依頼する。社会福祉協議会は喜んで応じてくれた。次に、共生隊を木更津に結集させなければならない。合宿および車椅子講習会と題し、ミッキー通信等で呼びかけ人を集める。一番遠いところからは、山形から大山理津子さんが駆けつけてくれることになった。私は何回も社会福祉協議会と打ち合わせを重ねた。共生隊としても、宿泊施設を確保し万全の体制を整えていた。ところが、前日社会福祉協議会から一本の電話がかかる。

「もしもし、社会福祉協議会です。実は車椅子講習会についてですが、講習生が集まりません。

中止また延期してもらえませんか？」

時計を見ると午後3時を回っている。それはできない。なぜならば、宿泊施設も確保してしまった。それに山形から来る大山さんは、すでに山形を出発している。夜行に乗り換えるはずだ。今のように携帯電話があるわけじゃない。

「それはできません。私たちはもうすでに動き始めています。講習生を今から何とかしてください。講習会場の確保や準備は責任を持ってやってください。そういう約束だったじゃないですか」

「こちらとしても、そのつもりだったんですが予定がつかなくなりまして」

「いいえ、共生隊としてはもうどうしても中止にはできません。したがって、私も当日は予定通り伺います。なお、共生隊としても講習生集めをお手伝いします」

私は電話を切った後、周辺の高等学校のＪＲＣに呼びかけた。

翌日、熊谷市を出発した車は大渋滞に巻き込まれてしまった。予定ではお昼に木更津駅に着く。でも。時計を見るとすでに夕方5時は回っている。私は運転しながら、山形から来ている大山さんが気になって仕方がない。でも連絡する方法がない。車を進めるしかなかった。私たちが木更津駅に着いたのは6時を過ぎていたと記憶している。6時間以上も知らないところで待っていてくれた大山さんに感謝している。

車椅子講習会当日、宿泊先を出て会場に向かった。舞台から覗き込んだ会場に当日講師をす

ることになっている舎利弗が私に
「三木さん、凄い人数だよ」

とうれしそうに言う。私も恐る恐るそっと覗き込むと、舎利弗の言うように凄い人数である。体育館が七分目埋まっている。社会福祉協議会も大喜びである。

車椅子講習会が始まった。午前中は車椅子の折りたたみから、取り扱い、注意事項などについて説明をする。そして、午後になって実際に街に出てみる。木更津駅に到着した頃、私から一つ課題を出す。

「皆さん、よく聞いてください。今ここで、車椅子に乗っている方から急にトイレに行きたくなった、と言われました。今から15分間時間を与えます。この15分間で車椅子でも使用可能な洋式のトイレを探してください。はい、よいスタート！」

全員が四方八方に散り、一生懸命探す。しかし、どこにもない。少し、意地悪な課題である。車椅子用のトイレなど、どこにもない。それは百も承知の上での課題であった。私としては、それをこそを分かって欲しいがゆえに始めた企画である。結局、トイレは見つからず、体育館に戻り、街づくりについて少し話をして無事に車椅子講習会を終了した。

木更津の社会福祉協議会は、この車椅子講習会をきっかけに翌年から第二回、第三回と毎年行っていた。しかし、共生隊がその場に呼ばれることはなかった。少し、寂しいような、悔しいような気分ではあるが、木更津市の福祉発展のため、一つのきっかけを作ったのだという自負が共生隊にはある。

車いす用トイレ設置

私といわっぺは車椅子講習会が成功しても、心にモヤモヤが残っていた。いわっぺが私にこんなことを言う。

「この辺の人たちは、自分たちの力で何かを作り上げようなんて気がない。行政から与えられたもので生活をしているだけだ。意識を変えなくちゃいけない」

「そうだな、俺もそれは感じるよ。でもさあ、意識を変えるのは難しいなあ。どうしようかなあ？　そうだ！　署名を集めるか。車椅子用のトイレを設置するための署名だ。そうすれば、市民の力で勝ち取ることになる。目標は？そうだなあ、一万人だ！　それでやってみるか！」

いわっぺが心配そうに私を見る。

「またあ、そんな思いつきで！　本当にやるのかよ。いつも思いつきだからなあ」

「有言実行だ。面白そうだろう。さっそく、ミッキー通信に書いてもらおう」

それから間もなくして、署名運動がスタートした。私といわっぺは学校の図工の先生から、廃棄する画板を二枚貰い、白い布に君津郡市に「車椅子でも入れるトイレを求める署名です」と書いて木更津駅の街頭に立った。恥しさと緊張で、二人とも最初の声が出てこない。目を閉じて深呼吸をし、思い切って

「署名をお願いします。車椅子用のトイレの設置する署名です」

出た！　出た！　声が出た。いわっぺと二人で朝から夕方まで大声で叫び続ける。それだけではない。思いつく限りの人に協力を依頼した。木更津にはかっちゃんがスナックを出している。かっちゃんにも協力の依頼をする。すると、偶然にもその隣でお店を経営していたのは、三木おろしのときに味方になってくれた牧野君だった。牧野君にも協力を依頼した。

次に私が協力を依頼したのは、ルナと言うスナックのマスターである。このルナというお店には高校生の頃から祥男先生に連れられて行っていた。ルナのマスターは鷺埼さんといい、不思議な経歴と不思議な力、不思議な魅力のある人である。私はこれまでの過程をいわっぺと説明した。すると、鷺埼さんは

木更津駅で署名活動。中央が著者。

「三木、それは悪かったね、そこまで気がつかなかった。ぜひ協力させてください」

私は彼がなぜ謝るのか？　よくわからなかった。数週間後、署名の進捗状況などを確認するためルナに行くと思わぬ話を聞かされた。

「実はね、現文部大臣の石橋一弥氏が三木に会いたいって言うんだよ。私はスナックを経営しているけど、日中は石橋の秘書をやっているんだよ。それでね、三木の話をしたら、今すぐにでもトイレを作ろうと言うんだよ。どうする？」

「やっ、マスターすごくありがたい話だけど、お断りします。トイレは欲しいけど、それだけが目的ではなくて、市民の意識改革も視野に入れてやっているので……」

「そうか、そう言うと思ったんだ」

その一週間後、またルナに立ち寄る。

「三木、石橋氏から伝言があるんだ。何かあったら、何でも言ってくれ！　お互いにいい意味で利用しあいましょう、ということだ」

「ありがとうございます」

鷺埼さんは私をある喫茶店に呼び出した。

「三木、今からここに、木更津市議会議員と千葉県会議員がそれぞれ時間をずらして来ることになっている。何かあったら、その二人にも連絡すればいい」

そう言って、議員を紹介してくれた。いわっぺとやり出した活動が、思いもよらぬ展開を呼ぶ。面白い。

不思議な体験

署名運動を始めてから、アパートの電話料金が異常に高くなった。ある日、電話会社から電話がかかって来た。

「もしもし、こちら新宿区の電話会社のものです。ここ数か月、三木様の電話料金が３万円を超えてます。会社を経営されている方ですとこのぐらいの請求額になるのですが、個人の方ですと何かの間違いだと困るので確認のためお電話しました」

電話会社が心配するほど電話を使っていたのだ。でも逆に、電話会社もこんな電話をかけてくるんだと変に感心する。平日は用務員の仕事で疲れ果てる。アパートに帰って来れば、署名を集めることで頭がいっぱいになる。誰か協力者がいないか？　そんなことを考える日々が続いていた。

そんなある日のこと、帰宅して、よほど疲れていたのかうとうと居眠りをしてしまった。ほんの30分ほどである。この間に､私は夢を見る。夢に出てきたのは､定時制高校の時に知り合った大森あけみさんだった。卒業してから会っていない。彼女は、夢の中で私の話を真剣に聞いてくれた。そしてニコニコしながら。

「うん、わかった。協力するよ！」

と言ってくれたところで夢からさめる。なんだ夢だったのか。そう思った、と同時によし、電話をかけてみよう。彼女なら知り合いも沢山いるだろう。地元だし、きっと協力してくれるはずだ。そう思って早速、電話をかけてみた。

「もしもし、大森さんのお宅ですか。私は三木と申します。あけみさんはいらっしゃいますか?」

どことなく、力のない年配の男性である。

「あの、あけみはさっき息を引き取って、病院から今帰って来たところです」

私は自分の耳に入ってくる言葉が、一瞬、理解ができない。2秒ほど、間があっただろうか。

「申し訳ありません。知らなかったもので、電話をかけてしまいました」

「いや、いいんですよ。あけみとはどのようなご関係ですか?」

「定時制高校の時の同級生です。本当に何も知らなくて、申し訳ありません」

「いやいや、そうでしたか。三木さんとおっしゃいましたっけ、この電話をお借りして申し訳ないのですが、高校の時、あけみと仲の良かったお友達に知らせてあげてください」

「分かりました。本当にごめんなさい。失礼します」

と言って受話器を置いた。私は早速、大森さんと仲が良かった相沢さんに連絡を取った。相沢さんも大変驚いていた。そして数か月後の新盆に合わせて、いわっぺと大森さんのご自宅に行くことになった。二人で大森さんに手を合わせ、ご両親と話をした。大森さんのお母さんが語り始めた。

「あのね、三木さん。定時制高校のある日学校から帰ってきて、あけみが突然泣くんですよ。それがしゃくりあげてねぇ、何があったのか?と訊きましたらね。お母さん、私負けちゃった、と言うんです。何に負けたの?と訊くとだんだん話し始めましてね。生活体験発表という弁論大会があったでしょ。それで三木君に負けたと言うんですよ。よほど悔しかったんでしょうね。私、三木さんという名前を伺って思い出しました」

「そうだったんですか。そんなことがあったんですねえ。私も今、話を聞いて懐かしいです。あの時、大森さんも出ていましたね」

私はお母さんの話を聞いて、懐かしさと大森さんの生活体験発表にかけた思いが伝わって来るのを感じた。そして、もしかしたらその思いを私に伝えたかったのかもしれない。だから、あの時に夢に出てきたのかもしれない。そんな風にも感じた。そして、きっと応援しているからね。頑張れと言う彼女の最後のメッセージだったに違いない。

夢枕に、立つという話を聞いたことがあるが、本当にそんなことがあるんだ。といわっぺと今でも、ときどき思い出す。実に不思議な話である。

彼女の遺影の隣には、純白のウェディングドレスがあった。婚約をすませ、結婚式を楽しみに待っていたという。

一万人達成、各市長に提出

毎週末、金曜日の勤務を終えると千葉に帰る。土曜日の朝から街頭に立ち署名運動するのである。いわっぺと私が考えていた通り、市民は社会運動に慣れていない。署名運動そのものを知らない人たちが多いことに驚く。

「署名をお願いします。車椅子でも使用できるトイレを求める署名です。ご協力をよろしくお願いします」

二人で大声を出し、呼びかける。すると立ち止まり、注目してくれるのだが

「どうすればいいの?」

「はい、どうもありがとうございます。ここにお名前と住所を書いてください」

と説明して書いてもらう。中には、財布からお金を出して。どこに入れればいいの?と言う。

一番困ったのは、画板の上に黙ってお金を置いていってしまう。慌てて

「あっ、違うんです。お金はいらないんですよ!」

と叫びながら、あとを追いかけるも人ごみに紛れてしまい。分からなくなってしまった。とにかく、募金と間違える人が多い。困ったものである。市民の力で行政を動かすという基本的な動きがこの街にはなかったのだ。だからこそ、こういう活動が大切だし、必要なのである。

私は日曜日の特急東京行き最終電車でいつも新宿に帰る。その車中では、教員採用試験の練習問題をする。アパートに着くのは、夜の10時を回っている。体が疲れているのに、心は絶好

調、熊谷に通っていた頃の私に戻っていた。楽しくて仕方がない。

ミッキー通信の記録によれば、署名活動を始めたのは１９８９年平成元年の暮と記されている。そして最終署名人数 １１、２８５名をもって、１９９０年平成2年3月9日に終了している。この間わずか３か月である。意外に短い。意識としては、半年以上かかったような気がしていた。いろいろな事があり、いろいろな出会いがあった。私の人生の中で、最も密度の濃い3か月間だった。

１９９０年3月9日、この日１１、２８５名の署名とともに陳情書、請願書を提出するため年休をもらった。この提出の準備が大変だった。提出箇所が五箇所に及んでいるため、共生隊の控えと合わせて5枚のコピーを撮る必要があった。私といわっぺはコンビニエンスストアーに設置されているコピー機を使い大量のコピーを始める。ほかのお客さんの迷惑にならないように夜中に作業をすることにした。作業中トナーがなくなる、用紙が足りなくなるなどのトラブル。店員さんに申し出るのだが、夜中のアルバイトでよくわからない。仕方なく、コンビニエンスストアー何軒もはしごすることになった。このようにして、なんとかコピー作業が終わった。

次に、提出する自治体によって、請願書と陳情書に分ける。とにかく、休暇は一日しか取ってない。この一日で、千葉県の半分を回らなければならない。作戦としては、北から南へ下って行くことにした。朝早く、ＪＲ千葉支社から提出が開始された。次に向かったのが、袖ヶ浦

平成2年6月号 Vol.10

代表 三木由和
発行元 共生隊事務局 塩谷玲子

ミッキー通信

千葉班 陳情・請願 終わる　平.2.3.9

昨年のくれから、我 共生隊 千葉班で 行われた 身体障害者用トイレ（洋式トイレ）の署名が、1万人を突破した。（最終的には 11285名）
三木由和 他3名 で 関係自治体 に 陳情、請願書を提出した。（平成2年 3月 9日）
関係自治体・木更津市役所（石川市長） 県庁 障害福祉課 JR 千葉支社、袖ヶ浦町役場、富津市役所。君津市役所
この陳情を受けた木更津市長（石川市長）は、「近年設置される公共施設には身体障害者用のトイレを設けているが、旧施設や公園などへも設けていく方向で」と答えたと 千葉日報（平2.3.10）では報じていた。
今後 身体障害者用のトイレの増設に対し、前向きの姿勢が、大変うれしい。
これからのミッキー通信に 『トイレが設置された』と載るのもそう遠いものではないような 手ごたえが感じられるような陳情書、請願書の提出 だった。
陳情を終えて、の感想 三木由和、
「これで終わったわけではなく、今後も千葉以外の地域で、このような活動をつづけていくべきだと思う。」

手話講座

ゆびもじ 50音をおぼえよう（相手に向けて見せる図です。

は、	ひ、	ふ、	へ、	ほ、
はさみを出す イメージで	ひとつ を出す。	カタカナ、のふ	カタカナ、のへ	少しまるめ 舟の帆の形

「もっと身障者トイレを」

ボランティア 木更津・共生隊 県、市やJRに陳情書

公共施設などへの身体障害者用トイレ設置運動を進めているボランティア集団「共生隊」の三木由和代表ら四人は九日午前、木更津市役所を訪れ、石川昌市長に署名簿（一万一千二百八十五人）と陳情書を手渡した。

この陳情を受けた石川市長は「近年設置される公共施設には身障者用のトイレを設けているが、旧施設や公園などへも設けていきたい」と答え、今後、身障者用トイレを増設する意思を明らかにした。

同市内には身障者用トイレは、公共施設、大型店、金融機関、福祉施設などに二十一カ所設けてあり、手すりだけのものが四カ所ある。三木さんらの要望は、JR木更津駅内外、太田山の麓など、身障者が外出した際でも不便にならないよう身障者用トイレを多く設けてほしい」というもの。

石川昌木更津市長に署名簿と陳情書を手渡す三木由和さん（右）

千葉日報
1990年3月10日（土）

市役所である。車で移動しているため思ったよりも時間がかかる。無事に、袖ヶ浦市役所を出発し、いよいよ木更津市役所へと車を走らせた。木更津市役所に到着したのは、予定時間をかなり過ぎていたと記憶している。市長室の前で、大勢の記者が詰めていた。木更津市長に署名を手渡すと一斉にフラッシュを浴びた。一瞬目がくらむ。市長室を出ると記者に囲まれ、記者会見が始まった。そこで、これまでの流れを説明した。市長は私たちの前で車椅子用のトイレを設置すると約束してくれた。記者からも

「市長が約束したからもう大丈夫ですよ。私たちも、ちゃんと聞いていましたよ」

と言ってくれた。

次に向かったのが、君津市役所である。私たちを出迎えてくれたのは、市の職員である。すると、提出した陳情書を見ながら職員同士で話し合いをしていた。内容を聞いてみると

「この陳情書は、この人たちが書いたものではない。きっと裏で糸を引いている人間がいるはずだ」

などと、くだらない推測を始めた。要するに、こんな障がい者がこのような文章を書けるわけない。そう彼らは言いたいのである。私は、肯定も否定しなかった。なぜならば、裏に誰かいると思ってくれていた方が、行政としては、働いてくれるのではないか？　そう思ったからである。それとは別に、差別を受け、悔しい思いもあった。真実はどうあれ、提出をした本人の前で、話す内容ではない。君津市役所の職員のレベルの低さがわかってしまう。しかしなが

ら、あの文章は明らかに私が書いたものである。障がい者差別はどこまでも、どこまでも、私に付きまとう。

最後に向かったのが、富津市役所である。富津市役所も職員が受け取ってくれた。ここまで来るともう夕方になっていた。ふと、自分が空腹なのに気がつく。考えてみれば、朝出発してから何も口にしてない。もう少しだ、頑張ろうといわっぺや憲治に声をかけながら自分をも鼓舞する。そうして、なんとか5時前に、四つの市役所に予定通り署名提出を実行することができた。

佛教大学で通信教育

教員採用試験は毎年チャレンジしているが、箸にも棒にもかからない。私にとって第一希望は、千葉県の教員採用試験である。なんとか千葉に戻りたい。けれども、まず教員採用試験に受かることが最優先である。可能性がある限りどこにでも行く。そう決意する。

しかしながら、受験可能な都道府県は自ずと決まってくる。なぜならば、だいたいの都道府県は地方で統一されているので、関東地方では一箇所しか受けられない。そこで私が目をつけたのが、北海道である。全都道府県の中で、北海道だけは一次試験がペーパー試験だけでなく、全ての受験者に面接もしていた。私は面接をしていただかないととても勝負にならない。そう思っていたので、北海道を毎年受験していた。

それでも、現実は厳しい。毎年ペーパー試験と面接のため2回北海道に行く。そして、面接の最後には、渡辺美穂さんの作文を面接官に手渡す。ルール違反かも知れないが、できることはなんでもやる。私を認めてもらうための闘いである。それでも、まだまだ勝負にはならない、そう感じていた。

そんな時、教育雑誌で京都の佛教大学の宣伝広告を目にする。通信教育である。佛教大学ではさまざまな教員免許状を用意していた。中でも、私の興味を引いたのは養護学校教諭免許状である。当時、養護学校教諭免許状を取得している人は少ないので、もしかしたら、チャンスになるかもしれない。そう考えたのである。

私は清行さんを通じて知り合った石城さんに相談しながら、彼を誘ってみた。そうして、私と石城さんは佛教大学通信教育部の文学部教育学科養護学校免許状課程に入学をした。最短なら1年で取れるはずの教員免許状である。しかし、そこは通信教育部わずか24単位がなかなか取れない。

私と石城さんは、夏休みにスクーリングに行く。宿泊場所は大学が用意した薄汚い知恩院という名の宿泊施設である。私と石城さんは同室であった。京都の夏は非常に暑い。盆地ということもあるのだろうが、無風状態である。熊谷も暑かったが、また何とも言えない独特の暑さを感じる。しかし、さすが佛教大学、冷房設備などはない。ただ黙って暑さに耐えるしかない。講義の復習をするのだが、汗がノートにへばり付く。暑さでイライラしてくる。知恩院は食事が出ないため、学食で死ぬほど食って、食いだめをする。朝になると、大音量でシルクロードのテーマ曲が流れる。これにはさすがに驚き、飛び起きる。知恩院の生活は5日間ほどであったが、さすが佛教大学、いい修業したと今となっては思う。

学務課で教育実習についての説明を受けた。私は教育実習を2週間やらなくてはならない。しかし、石城さんは教育実習免除になるという。この話は、どうしても納得がいかない。

「なぜ同じ条件で入学しているのに、そんな差別をするのか、理解ができない。説明して欲しい」

職員に迫る。

「そう言われても、これは大学のせいではなくて、文部省の方の規則で、大学としては、文部省に従っているんです。ですから、教育実習を受けていただかないと免許状の交付ができません。文部省によれば、現職の教員については、教育実習は免除ということです」

「それがおかしい。私たちは養護学校の免許状を取得するために来ている。対象となるのは障がい児なのに、普通の学校で働いているからといって、なぜそれが教育実習と同等の扱いになるんですか?」

「そう言われましても……」

職員の京都弁が、より冷たく感じる。普通であれば、京都弁は優しく感じるはずであるが、こういうときは、聞きなれた関東弁の方がいい。悔しさを噛み締めながら、スクーリングが終了した。

仕方がない、教育実習先を探そう。そう思っていた頃、同僚の梶田先生が新宿区立新宿養護学校に教頭として転勤することになった。

「梶田さん、新宿養護学校で教育実習をさせてくれないかな?」

「ああ、いいよ、もちろんだよ。じゃー、９月だね」

と意外にあっさり決まった。

養護学校実習

養護学校は普通、都道府県立である。だが、新宿養護学校は新宿区立である。したがって本来は、自宅で訪問教育を受けるほどの重度の児童が多く通って来る。大型のバスを三台走らせ、送り迎えをする。

初日、朝着替えを済ませると、指導教諭の大島先生が私のところに一人の男子を連れてきた。

「三木先生、先生にはこの直人君を担当してもらいます。よろしくお願いします」

と言い、直ぐに立ち去ろうとした。

私は慌てて
「ちょっと待ってください。この子の障害は?」

「知的障害と言われてます。視野が狭く、視力もほとんど見えないとのこと。聴力もほとんど聞こえないのではないか?と言われています」

　直ちゃんは小学4年生であるが、身体は幼稚園の年長児くらいの大きさしかない。でもよく動き回る。クラス全体から見ても動ける方である。ときどき奇声を上げながら。壁に耳をつけながら、壁を叩く。この行動が、直ちゃん特有のものであった。最初は授業をするのにも、なかなか向き合って座ってくれない。1週間ほどが経った頃、私との間に信頼関係が出来て来た。向き合って座る時間も日を追って長くなって行った。

　私はどうしても、直ちゃんの壁を叩く行動が何なのか?　知りたくなった。放課後、一人で目隠しをし、耳栓をした。その状態で直ちゃんのように壁を叩いてみることにした。まず、手探りで壁を探す。見えていないので怖い。やっと壁を見つけ、叩いても何もわからない。そこで、直ちゃんのように、壁に耳を当てて見ると、叩くほどに振動が体に伝わって来る。これは面白い。これを直ちゃんは楽しんでいたのだと発見した。視力も聴力もない彼にとって、振動を楽しむことは私たちが会話や芸術を楽しむことに等しい。

　難関は給食の時間。近づくにつれ、だんだん不安が増していく。それは、食事介護が私にできるだろうか?という不安である。今まで何をするにも、案ずるより産むが易しの精神でやってきたが、食事介護は別格だった。腕の調整が難しく自分でも、自分の食事がやっとなのに、できるだろうか?とドキドキする。給食の準備が始まり、机、椅子の移動をしていた時のことである。突然、鼻血がぽたぽたと流れはじめた。慌てて、トイレに駆け込む。幸いにも、忙しくて誰も気づいていない。水で流すと、すぐに血が止まった。

最初に私が担当したのは、美絵ちゃんという重度の脳性麻痺の子。彼女は飲み込む力があるので、ペースト状の食事をスプーンに半分ほど乗せ、上あごと歯に引っかかるように口に入れてやると自分で飲み込む。時間をおかないと喉に詰まらせてしまうのが怖い。したがって、給食の時間が長くかかる。食べさせながら、自分も給食を食べる。でも、食べた気がしない。次に私が担当したのは、タケちゃんという男の子であった。タケちゃんは、動きが活発でちっともじっとしてない。歩くことはできないが、はいはいが得意である。給食を食べさせるときは、はい出さないように両足で挟み込み動けないようにしなければならない。プロレスごっこをしているようである。そんなふうにして、時間はかかるものの、食事介護についてはすっかり自信をもった。

新宿養護学校は重度の障がい児を受け入れているため、いろいろな研究機関から研修や視察に訪れる人が多い。訓練校の時もそうだったが、数十人の団体で来る。私がタケちゃんに食べさせていると五、六人に囲まれてしまった。私がスプーンを差し出し

「どうですか? 食べさせてみますか?」

というと、みんな一斉にのけ反り手を後ろに回してしまった。無理もない。私もそうするだろう。でも今は違う。どのような施設に行っても、きっと食事介護が出来る。そう、自信をもって、子どもたちに食べさせていた。

教育実習期間中のある日。ぶどう狩りの遠足が組まれていた。観光バスに乗り込み、ぶどう園に向かう。

「三木先生、今日のぶどう園に着きましたら、タケちゃんを担当してください。自由にぶどうを採らせてあげてください。多分食べたりはしないと思うので、ただ、葡萄の感触を本人が確認できれば、それでいいと思います」

ぶどう棚の下にシートを敷き、ぶどう狩りがスタートした。私はタケちゃんとコンビを組む。タケちゃんは普段自力で立ち上がれないが、背後から両脇を支えてやると、自分の足で歩き出す。葡萄のたくさんぶら下がっている場所に誘導する。すると、自分の手でぶどうをつかみ始めた。タケちゃんがぶどうつかむと、ぶどうは無残にも地面に落ちてしまう。それを時間が来るまで永遠に繰り返す。この学習が私には未だに理解ができない。経験をさせる事は大事である。葡萄の感触を確かめ、自らぶどうをつかむ。貴重な体験である。しかしながら、この日、タケちゃんが地面に落としたぶどうは一箱、二箱では済まない。ぶどう農家の経営者がその様子を見ていた。私はどんな気持ちで見ていたのか？　そう思うと切なくなった。丹精込めて育ててきただろうに、教育とはいえ悔しかったと思う。今更ながら、特別支援教育と生産者の両方が本当に納得できるやり方はなかったのだろうか？　そんな事を考えつづけている。

養護学校教員免許も取得

教育実習が済んで、ラストスパートをかけて単位取得を目指す。最初は二種免許でいいと思っていた。しかし､単位数は十単位くらいしか変わらない。であるならば､乗りかかった船である。一種免許状を取ろうと思った。なんだかんだとグズグズしていたら、法律が変わり2単位増えてしまった。これはまずい、早くしないとどんどん難しくなるかもしれない。慌てて、レポートを作成する。増えてしまった科目のため、また、佛教大学に行きスクーリングを受けることとなった。この頃から、私は石城さんに免許状を取得したら、驚かせてやろうと思った。どうせ彼は、もう諦めているだろうと思っていた。もう一つの思いは、教育実習をしなくてもよい彼が取れなかったのに対し、教育実習をやりとげ免許状を取得した優越感を得たかった。それと同時に、現職の教員であれば教育実習が免除されるという文部省への悔しい思いもある。

もし、石城さんが教育実習をせずに免許状を取得しても、彼は食事介護一つしたことがないのである。私には、文部省のやっていることが理解できない。このような思いをバネにして、私は無事に養護学校教諭免許状第一種を取得に成功した。その後に法律が改正となり、養護学校教諭免許状は、知的障害者特別支援学校教諭免許状・肢体不自由者特別支援学校教諭免許状・病弱者特別支援学校教諭免許状それぞれ一種となった。養護学校が3種類に分かれたので、免許状も3種類に分かれた。増えたような気がするが、まったく変わらない。でも得をしたような気分になる。

ある日、長野に住む石城さんから電話がかかってきた。

「もしもし、三木。今度出張で東京に行くことになった。プリンスホテルに泊まるから、会って食事でもしよう」

驚かせるチャンスである。私はリュックサックに免許状を入れ、プリンスホテルに向かった。ホテルの部屋の中で話を切り出す。

「石城さん、もし俺が養護学校の免許状を取ったらどうする？」

「えぇ、そうだなあ、１００万円やるよ！」

「１００万円かあ、１００万円ね」

そういう、私に対し思い返したように
「あっ、ちょっと待って、１００万円というのは、現実的ではない。10万円にしよう！10万円だ！」

「10万円かあ、10万円ね」

そういいながら、私はリュックサックの中から教員免許状を取り出し、石城さんに手渡した。石城さんはそれを目にすると
「汚ねぇーぞ、三木！」

と言う。食事をしながら、私が提案をする。

「10万円は金額がでかいから、俺の結婚式に持ってきてくれればいいよ」

「うん、そうだなあ、そうするか」

私も少し心苦しかったし、結婚式を間近に控えていた。結婚式当日、石城さんは約束通り10万円を持ってきてくれた。

それから数年後、彼は長野県で高校の校長となった。私も数多くの校長を見て来た。みんななぜ校長になりたいんだろう？　給料のため？　名誉のため？　教員全体のことを考えると人数的には、部下30人から40人といった学級会の会長に過ぎない。校長になるより、生徒会の会長になる方が難しい。校長になって、社会はおろか、地域、学校すら変えた校長を見たことがない。寂しい話である。

私にとっては、石城さんも清行さんも人生のライバルである。人生でライバル的存在はそういるものではない。昔まだ用務員になりたての頃、この二人に
「校長なんか、ろくな奴がいない。お前もそう思うだろ、三木」

「校長先生って、偉い人じゃないのか？」

「ばかお前、校長がお前に何をしてくれた？　よく考えてみろ」

「そう言われると何もしてもらってない」

「そうだろう。ほらみろ」

と二人に言われたことを思い出す。

第6章　用務員としてのモチベーション

愛知国体で銀メダル

私は普通学校で中学、高校と卓球部に所属していた。高校の卓球部顧問をしていた矢島先生は

「何か、障がい者同士の大会があるといいのになあ」

と私の姿を目にする度につぶやくのである。ところが、当の私はそんな矢島先生のつぶやきを聞き流すだけである。なぜなら、私にとって卓球をやるということは、健常者の大会で健常者と戦い、健常者に勝つことが重要だったからである。もちろん、なかなか試合にすら出してもらえない。それでも、高校最後の大会で初めて試合に出してもらい初勝利を掴んだ。

卒業後は遊びでラケットを握ることはあったが本格的にやることはなかった。

ある時、東京都の広報誌に目が留まる。障害者のスポーツ大会、選手募集の記事だった。（やってみよう）そう思い参加した。それから数年間何度か優勝、準優勝を繰り返すが東京都からは全国大会に出場できずにいた。

結婚を機に埼玉県に移り住んだ。そこで県大会に出場して、１９９４年愛知国体、全国大会への切符を手に入れた。やっと掴んだ国体であったが、問題があった。私には休暇が足りない。強化合宿や大会の日数その他結団式等々に参加しなければならない。当時の柴田征雄教頭先生に相談すると全て年休処理だと即答された。私は健常者も年休なのか？と疑問を感じながらも仕方がないので、強化合宿と結団式には参加せず大会期間のみ休暇処理と言う形で監督に了承してもらい何とか出場することができた。この大会で私は銀メダルを手にした。ちなみに、埼玉県から私を含め三人の選手が卓球で出場した。うち一人はその後、日本代表としてパラリンピックにも出場している。

大会が終わり、用務員室に私は名古屋名物のういろうを土産に持って出勤したその時である。柴田教頭が用務員室に入って来て、ういろうを目にするなり

「俺はこんなものいらねぇよ！　教員の分がないじゃないか」

と言い捨てて部屋を出て行った。その後、作業中の私のもとに用務の女性がやって来た。ういろうをかき集めて箱に戻したから、教頭に謝って来なさいと言うのだ。私には悪い事をした自覚は全くない。けれども、ういろうを食べずにかき集めてくれたみんなの気持ちを思えば、本意とはかけ離れるが自分を殺すしかなかった。

東京都代表で富山国体へ

居住地を東京都新宿区に移した私は、その後も都大会に出場していた。何度も優勝するも国体に出場できずにいた。そんな中、やっと国体への切符を手にする。２０００年の富山国体である。

東京都からの選手派遣の通知書を受け取った私は、まずそれを勤務校に提出した。当時の教頭だった、池田先生に

「ぜひ、出場したいので、職免（職務専念義務免除）にしてください」

「職免になるか、ならないかは区役所が判断することだからねぇ。とりあえず訊いてみるから」

「返事の期限が今週中になっているので、よろしくお願いいたします」

数日後、教頭先生から呼ばれた。

「あのねぇ。この前の件だけど、区の教育委員会から連絡があって、結果だめだった。だから、行くなら年休だなあ」

納得できない私は

「その理由は？　何ですか？」

「教育委員会が言うのは、前例がないからだと」

「俺は納得できないので、自分で動いてみたい。前例が無いのなら、作ればいい」

「いいよ。三木さんが納得できるまでやればいい」

この時点で期限までに二日間しかない。私は以前都議会議員選挙の際、路上で握手してもらった議員さんを思い出した。その時に手渡された名刺に書かれていた電話番号にかけてみた。すると上手く、議員本人と繋がった。これまでの流れを説明すると

「なるほど、よくわかりました。ただ、今日はもう夜なので、明日、私からお話して、その結果を連絡します」

そして翌日の夕方に連絡が来た。

「昨日の件ですが、私が新宿区の助役と今日話しましてね。結果を言いますと職免扱いになりました」

「ありがとうございました」

「それでね、助役にきつく言っておきましたから。恥しいことをするんじゃないと言っておいたから、もう大丈夫ですよ。あとは大会で頑張ってください」

そう言うと議員は電話を切った。

翌朝のこと、私が出勤すると待ちかねていたように石原稔校長が校長室まで来いと言う。校長室に入るとソファーを指さし、腰を掛けるよう促す。言われた通りにすると、足早に校長室の扉を締めた。明らかに、怒った様子である。校長は私の真向かいに腰を掛けると唐突に

「なんで、勝手なことをしたんだ」

と私を問いただし始めた。

「なんで、自分で動いたのかと訊いているんだ」

私は校長のこうした言動を目の当たりにして、この人はいったいどこまで把握しているのか分からずにいた。それによっては、回答の範囲が異なると瞬時に思った。しかしながら、何か答えないわけにはいかない。そこで
「いや、今回については、時間がなかったんです」

それも嘘偽りのない事実だ。普段は温厚な石原校長が興奮状態である。大きな声で
「教頭さんだって、いろいろ動いてくれていたはずだ。一生懸命にやっていた教頭さんの立場はどうなるんだ」

この時点で、校長は教頭と私の流れを確認していないということが分かる。だとしたら、彼は教育委員会か教育長に指導するよう言われたに違いない。ともあれ、私からすれば無事に職免扱いにさえなれば、それ以外は興味がない話しである。

「いや、教頭先生にはちゃんと了解を得た上で動きました」

私はこの場にいることすら、くだらなく思えて来た。席を立って、

「仕事があるので戻ります」

「まだ、話しは終わってない。仕事を気にかけてくれるのは有難いが、もう一度座って」

と私を座らせると、教頭を呼び出した。校長が教頭に
「教頭さんは三木さんから自分で動きたいと言うことを聞いているの?」

「はい、聞きました。だから、三木さんが納得できるようにすればいい。と伝えてあります」

そう答えると教頭先生は直ぐに出て行った。私の前で確認するのも失礼な話しである。この確認によって、校長は攻める場所も武器も失ってしまった。

「今回については、時間がなかった、ということだね。わかりました」

私はようやく校長室から解放された。未だ、校長がどこまで知っていたのか。誰からどの様な指示を受けたのかも知らない。

国体本番一月程前のこと、中野区の駅でふと中野区報を手に取ると障害者スポーツ大会の全国大会出場選手を紹介する記事が掲載されている。私は早速、新宿区の広報課に尋ねてみた。すると、新宿区ではそのような記事を載せる予定はないと言う。がっかりしたが区によって、対応に大きな差があることに驚きを感じた。

私はその後、強化合宿、結団式、本大会と無事に参加できた。肝心な競技の結果であるが、またもや決勝で敗れ銀メダルに終わった。しかし、不思議なことに試合が終わって負けても悔しいという感情が湧いてこないのである。スポーツをやる人間としてこの悔しさがなければ、辞めるべきだと思い、その富山国体を最後に引退した。

オリンピックでも、国体でもなぜ健常者と障がい者は別にやるのか?別々の場でやるのではなくて、体重別に競技するように、同じ場で、障がい者枠も設けてできないものかと常々考えている。

教員採用試験を受け続けたが…

私は結婚し、子どもも生まれた。家も購入した。これが私の望んでいた普通の人と変わらぬ生活であるのか？といえば、そうなのかもしれない。でも、何かが違う。未だ用務員から抜け出せない。年齢的にも、教員採用試験は40歳までである。可能性がある限り、受験できる限り受け続けることで自分を保っていた。そして40歳を迎えて教員採用試験を受けられなくなった。

その後、私はある目標を立てる。人事異動する度、必ず資格を取って行く、という目標である。そうすることで何か役に立つことがきっとある。そう自分に言い聞かせ、仕事への動機付けを図っていたように思う。

初任校の落合第六小学校では中学校の教員免許状。淀橋第七小学校では養護学校の教員免許状。牛込仲之小学校では食品衛生責任者、ホームヘルパー、乙種危険物取扱者、アマチュア無線技士。落合第三小学校では放送大学を卒業した。１９８２年に定時制高校卒業してから28年の歳月が流れ、やっと学士号を取得した。大久保小学校では、韓国語教室に通いハングル認定5級を取得した。そして現在の花園小学校においては教員採用試験の年齢制限がなくなったことを知り、千葉県の教員採用試験に再チャレンジし2年連続で一次試験を突破した。同僚から問われる。

「何で、そんなに資格にこだわるの？」

「いつクビになっても、困らないようにだよ」

それも全く嘘ではないが、そうして自分を騙さなければ用務員としてやっていかれない。用務員という仕事は、肉体労働である。私は肉体労働が嫌いではない。むしろ、好きである。しかし、用務員の仕事というのはどんなことでもこなさなければならない。本当は多様なニーズに答えられるセンスと技術や能力を備えていなければならない。けれども、私には、どうしてもできないことがあった。大工仕事や解体作業、床の補修、植木の剪定、花壇の手入れ、水道のパッキンの取り換えなどはできても、脚立に乗って高い場所の作業や自転車に乗ることができない。

落合第三小学校でのことである。当時、同僚だった島田さんが突然主事室に入ってきて、

「おい、三木ちゃん三階の踊り場の蛍光灯が切れているから、取り換えてこい」

とにらみつけて言う。何か気に入らないことがあったのだろう。仕方がない。一番高い脚立を担いで現場に向かう。一緒に、同じく同僚の三村さんがついてきてくれた。現場に着くと、通常よりも高いが、ラッキーなことに蛍光灯は短い。これならば、右手一本でできるかもしれない。心配した三村さんが

「私、教頭を呼んで来るよ」

と言うのだが

「いや、これなら大丈夫かもしれない。一度やってみるよ。ダメだったら頼むよ」

私はゆっくりと脚立を上りはじめた。上まで到達すると下で脚立を支えていた三村さんから

蛍光灯を受け取る。古い蛍光灯を取り外し三村さんに手渡す。新しい蛍光灯を取り付けるのだが、うまく入らない。この間だんだん足が疲れてきた。足が震え始めるとさらにうまくいかない。いったん手を下ろし、手をブラブラとさせ手の力を抜いた後、再挑戦する。すると、やっとうまくいった。島田さんは、気に入らないことがあると、ときどきこのように私に意地悪をした。

卒業式が近づいたある日の事、体育館に紅白幕を張る準備をしていた。その時、島田さんが突然

「三木ちゃん、俺は紅白幕なんか絶対やらないよ。あんた一人でやればいい」

と言い出した。これには困った。でも、やらないと言いはじめたら、何を言ってもしょうがない。私は給食室に駆け込み、助けを求めた。給食主事さんみんなで助けてくれた。中でも、白石さんは私にとって守護神そのものである。普段から何も言わなくても助けてくれた。当時、新宿区がペットボトルの回収をやっていない頃、私は独自でペットボトルの回収を行っていた。集ったペットボトルは都民生協に持って行く。ペットボトルとはいえども90ℓのゴミ袋に入れると結構重い。白石さんは、そんな私の姿を見ると、何も言わず軽々と運んでくれる、そんな存在だった。

今度も給食主事さん達に手伝ってもらい、無事に紅白幕を張ることができた。すると、島田さんは

「三木ちゃんの兵隊さんはたくさんいていいな」

と他人事のように言う。

これは、島田さんも悪いかもしれないが、私に用務員をさせている教育委員会に問題があると思う。用務員の業務の中で、私にできる事とできない事がある。それを教育委員会が知らない。現場の用務員のチームワークに委ねているのである。このような環境に押しつぶされそうになりながらも、40年が過ぎ去ってしまった。

そんな中、私はある頃から異動するまでの間、勤務校に何かを残して異動するように心がけるようになる。落合第三小学校でのこと、主事のみんなの力を借りて、私が言い出したのは

「ここに、紫陽花を増やしてアジサイロードを作ろうよ」

と数年間をかけ、紫陽花を挿し木して道路側に沿って、アジサイロードを完成させた。すると、離任式に来た飯田校長の挨拶

「いや、久しぶりにこの学校に来ました。来る途中、アジサイが綺麗に咲いていました。なんて、紫陽花の多い学校なんだろと思いました。実はあの紫陽花、私があそこに植えるようにと指示を出したものです」

この挨拶を聞き、主事（用務員）同士で顔を見合わせた。校長としては、何もできなかった校長である。何か欲しかったのだろう。部下の手柄は自分の手柄。実に校長はかわいそうである。私としては、校長が挨拶に使うほどインパクトがあるということが証明された。ある意味、大成功である。

ウレタン塗装技術

昔20代だった頃、同僚の用務員のおばちゃんに
「三木さん、あなたこの世界で生きて行くつもりなら、何か一つ、これだけは俺に任せてくれというものがないとねえ、生き残っていけないよ」

と言われたことがある。私は確かにそうだなあ、と思いながらも、それを言われたことがショックだった。未熟ながらも、用務員として生きている私にとって、あなたは用務員として使い物にならないよ、と言われているような気がした。1週間ほど考えるのだが、これだという答えがわからない。けれども、そのように言っている本人もそんな技術を持ち合わせているわけではない。そう思うと、少し気が楽になった。

それでも、彼女の言ったことは間違ってはいない。障がいある私が、用務員として生き残って行くためには確かに必要なことかもしれない。それが、喉に刺さった骨のようにいつまでも引っかかっていた。

私は、学校に出入りしていた業者さんと友達になった。日本オイラーの松本社長である。日本オイラーは主に床のメンテナンスを手がける会社である。高等学校の体育館の床や日本武道館の床などを手がけていた。

松本さんは、私に体育館や武道館などに用いられているウレタン塗装技術を伝授してくれた。体育館の床を1ミリほどヤスリで削り、中和剤を塗って床を中性にする。その後、水性ウレタ

ンを３回目塗って仕上げる。すると、あんなに傷だらけだった体育館の床が新品のようになる。松本さんの話によれば、以後３年間は、何をしなくてもきれいのまま保つという。さらに、ワックスを使用していないので、滑る危険性がない。特にバレーボールやバスケットのようなスポーツには適している。

私は、体育館だけでなく教室にもウレタン技術を使用した。通常の教室の広さであれば、50万円ほどかかるという工事となる。ところが私がやる事によって、わずか３万円ほどで済んでしまう。四谷の用務主事がこの噂を聞き、見学に来たほど仕上りが美しい。私は、この技術を用務員仲間に広く伝えたいのだが、みんな意外に興味を示さない。非常に残念である。松本さんは私に技術を教えて、少しでもウレタンが売れればそれでいいと言っていた。今新宿区の用務員の中で、この技術を持っているのは私を含め２人位しかいない。

およそ20年前、東京都は現業職員の技能主任や技能長という役職をつくった。それまでの年功序列ではなく、試験を受け技能主任や技能長にならなければ、給料が上がっていかない。そんな制度を作った。試験は論文と面接で行う。

ところがこの試験、何かがおかしい。まず、第一に論文試験である。この論文、事前提出であるから本当に本人が書いたものか？　調べようがない。現に誰かに書いてもらったという話はいくらでも聞く。面接は15分程で終わる。全く基準がわからない。それが試験だと言われれば、そうかもしれないが腑に落ちないことが多々ある。とくに、組合の役員をやっているとかなりの確率で合格する。合格するために組合の役員をやる人もいる。

私は、技能主任になるまで16回ほど受け続けた。合格した時には、すでに技能長への受験資格はなかった。これも明らかな障がい者差別であると確信している。

韓国語を学ぶ

私は同じ新宿区の大久保小学校に着任した。大久保小学校は希望通りの着任である。長い用務員勤務で、初めて希望通りの異動であった。前任校の副校長が心配そうに

「おい、三木さん大久保小学校だってよ。たいへんな学校だよ。大丈夫かなあ？」

「自分で希望した学校だから、どうにかなりますよ」

と言ってみたものの、若干不安があった。

大久保小学校に行って、まず驚いたのは学校だよりが6か国語で出されている。さすが国際学校である。日本語、中国語、韓国語、英語、フランス語、スペイン語である。来校者も、保護者もそれに伴って、国際色豊かである。受付をしなければならない主事室にとっては、非常に困る。大久保小学校の公用語は、もちろん日本語であるが、母国語しか話せない子ども達も少なくない。ただ、子どもは数か月すると日本語を話せるようになる。困るのは、保護者の方である。大人はなかなか話せない。

ある時、受付に一人の外国人がやってきた。対応しようと思ったのだが、何を言っているの

かわからない。ただそれが、英語であることはわかった。慌てて、職員室に駆け込む。

「今受付に外国人の方が来て、誰か英語のわかる方受付までお願いします」

と言うと事務職員の依田さんが
「はい、私が行きましょう」

と一緒に来てくれた。依田さんは、すごく綺麗な英語でペラペラと対応してくれた。かっこいい。その出来事を家で子ども達に話すと、長女の和香奈も
「わぁ、事務さんカッコイイ!!」

と感動していた。

韓国語、中国語については、教員の善元さんが得意である。スペイン語については、副校長がスペインの日本人学校にいたためペラペラであった。

そこで私も、和香奈にカッコいいと言われたい。受付にも、外国語しゃべる人が必要である。もしかしたら、評価されて技能士にも合格できるかもしれない。何よりも、子ども達の役に立てるかも知れない。さまざまな思いから、せっかく大久保小学校に来たのだから、外国語を勉強しようと決心した。そして、一番必要だった韓国語を勉強することにした。主事の仲間の中に、すでに韓国語を勉強していた人がいる。警備員の水野さんである。水野さんは、韓国語に必要な資料を山ほど持っていた。私は水野さんに教わりながら、少しずつ勉強を始めた。水野さんは発音に厳しく、なかなか勉強が進まない。そこで、太田かおる先生に相談すると

「それならば、私が行っている教室があるからそこで勉強すればいいよ。在日韓国人の民団が運営している教室だから、月謝も安いし、先生も確かな先生がいるよ」

「よし、決めた。そこに行くよ」

私の韓国語生活が始まった。場所は、渋谷パルコの裏にあった。スペイン坂を登り切った近くである。毎週火曜日の18時から20時まで授業が行われる。夜学は誰よりも慣れている。だが、外国語は何をやっても難しい。それでも、ライバルの水野さんに負けないよう勉強を続ける。私は韓国語教室の中でもできの悪い生徒である。先生が何を言っているのか？　全く分からない。毎週授業が終わるたびに大きなため息をつく。それでも、授業は休まず通い続けた。一年間、休まなかったので皆勤賞がもらえた。皆勤賞は賞状と３０００円分のクオカードである。職場で、水野さんに見せると
「昔から、皆勤賞をとる奴って学校が大好きなんだけど、勉強はできないんだよね」

と笑う。悔しいが、今の自分は確かにその通りである。そう思ったら、自分のことがおかしくて大笑いしてしまった。

水野さんが言うように、なかなか韓国語が上達しない。それでも、渋谷に何年も通い続けた。そんな中、教室でいつも隣に座っている加瀬さんと友達になった。加瀬さんは若く見えるが、私より二回り年上である。加瀬さんもなかなか上達しないと悩んでいた。そんな加瀬さんに私は提案を持ちかける。

「加瀬さん、もしよかったら、俺と勉強会しない？　俺も分からないけど、少しは教えられるかもしれない。新大久保に韓国語を勉強するのに、いい所があるから一緒に行こうよ。韓流茶房というお店なんだ」

「ぜひ、お願いします」

韓流茶房は韓国のお茶を飲ませてくれる喫茶店である。けれども、喫茶店といって侮るなかれ。喫茶店とともに、韓国語教室もやっている。韓国語教室はともかくも、韓国のお茶を飲み、わからない所だけを訊くという作戦に出た。これが私たちにとって、どれぐらい勉強になったか？というとよくわからないが、少なくとも韓国語に触れる機会は増えた。

韓国語を始めて3年ほど経った頃、私はハングル認定5級に合格する。まさに、継続は力なりという言葉がしっくりする。少しは、日常生活に使う言葉が分かってきて、韓国人の子ども達に対しても韓国語で話せるようになってきた。

大久保小学校の勤務もあとわずかになった。大久保小学校に残って欲しいという話もあった。それはそれとして、ありがたく思うが、今まですべて定期異動で動いてきているのでそれは崩したくないという思いがあるので断った。

そんなある日のことである。朝の仕事をしていると、副校長が慌てて私を呼びに来た。

「三木さん、三木さんいますか？」

副校長の声が聞えた。私は、はいここにいますよ、と言うと

「あ、よかった。助けてください。今日初めて登校した子どもがいるんですけど、日本語が全く話せないんです。韓国人の姉妹なんですけど、ジャングルジムに登って降りてこないんです。あと一時間すると、通訳の先生がくるんですけど、それを待っていられないので、とりあえず、ジャングジムから降ろしてもらいたいんです」

「分かりました。とりあえず現場に行きましょう」

副校長と向かうと、確かに女の子が二人ジャングルジムの上で遊んでいた。私はジャングジムに近づきながら、韓国語で二人に声をかける。

「おはよう。そこは危ないからだめだよ」

と言うと、二人は慌ててジャングルジムから降りてきた。

「副校長、この二人どこに連れて行こうか？」

「そうだね、とりあえず図書室に連れて行って欲しい。本でも見せておこうよ」

と言うので、

「一緒に、ついてきて！」

と言うと、素直について来た。昇降口まで来て、副校長に尋ねる。

「あれ、この二人は上履き持っているの？」

「あ、そうだ！　まだ持ってないんだ。仕方がないから、スリッパを履くように言って」

と言うので、そのように二人に指示をして図書室に連れて行った。図書室の図書の中から数

少ない韓国語の本を見つけ出して、二人に手渡し
「ここで、待っていてね」

と言い、副校長と図書室を出た。

「ありがとう。三木さん助かりました」

「いいえ、お役に立てて良かったです。このために、韓国語を勉強したんだから少しは役に立たないとねえ」

と言いながら、数年前、事務職員の依田さんに英語で助けてもらったことを思い出していた。和香奈がカッコいいと言っていたが、私にはカッコいいと言ってくれる人はいないので、自分で俺って、カッコいいと言ってあげた。どうだ？　和香奈、お父さんもカッコいいだろ！

障がい者の真似

子どもの頃から、からかわれて良く障害を真似された。とくに多いのは、身体の動きである。やっている本人は、自分がうまいと思っているらしいが、全然違うし似ていない。脳性小児麻痺を真似るのは、非常に難しいらしい。なぜ、模倣しようと思うのか？　心理学的にはよくわからないが、大人も子ども年齢に関係なく模倣願望があるらしい。

30年ほど前、社会福祉が注目され始めた頃のこと、障がい者福祉の分野において、ある考え方が、多く使われるようになっていた。その考え方とは、障がいは個性であるという考え方で

ある。この考え方のもと、ある学生のコンパで松本まことという人が言い始める。

「障がいは、個性であるのだから、その障がいを真似ても何の問題もない。だから、僕は、真似をするんだよ」

彼は変な理由付けをして、障がい者の真似をしている。そんな彼は、とても優秀な人物で、当時できたばかりの社会福祉士と言う国家試験に合格した。彼が真似をしたのは、脳性小児麻痺の動作であった。でもやっぱり、うまくないし、彼の考え方に納得がいかない。私は、飲み会の席で彼にからみかかる。どのように、文句を言ったか？　覚えてないが、私にできる精一杯の抗議であったと思う。

高校生の頃、あの祥男先生も私の真似をしていた。祥男先生が真似をしたのは、私の言語障害である。障害を模倣される中で、言語障害を真似られることが、一番辛い。それは、私だけなのだろうか？　分析すると、言語障害には、全く自覚がないからである。カセットテープなどに取ってみると、なるほど、自分の言葉がおかしいことに気づく。だがふだん、普通の人であれば、自分の声を他人がどのように聞いているか?など知る機会がない。身体の動きは、鏡である程度見ることができる。ある程度でも、分かっていれば納得もできる。言語障害については、自覚症状がないし、言語で抗議する意欲も奪われてしまうため、どんないじめや差別より辛く感じる。

私に対する子ども達からの障がい者差別は、ほとんどないのだが、5年に一度ぐらいの割合で起こっている。ある学校でのこと、高学年の男の子が明らかに、私の真似をする。しかも、言語障害であった。低学年が多いのだが、高学年は珍しい。それが、あまりにも長く続くので、通りかかった校長に相談してみた。校長は、少し困った顔をして

「しばらく、様子を見よう」

と一こと言って立ち去った。その後、何も気にかけてくれない。校長も、どうしていいかわからないのだろうと私は思った。

またある学校では、低学年の男の子が私の前に立ちはだかり、私の動きを真似する。

「ちょっと待って、君は何年生？」

と訊くと、すぐに逃げ出して行った。たまたま、その様子をその子の担任が見ていた。

「ごめんなさい。三木さん、私が今捕まえてくるから」

と走り去って行った。しばらくして、担任が三人の子どもを連れて、主事室にやってきた。三人とも神妙な顔をしている。この担任、私に指導させるために連れてきたらしい。おいおい、あなたが指導してくれるんじゃないんかい？　そう思ったが連れて来た以上何か言わんといかん。だが、低学年の児童にどのように説明すれば、わかってもらえるだろう。一瞬考えた。

「あのね、君がもし、学校でいじめられたり、嫌なことされたら、君のお母さんやお父さんはどんな気持ちになるだろう？　嬉しいかな？　悲しいかな？」

すると、やっと聞き取る事ができる、小さな声で

「悲しい」

「そうだよね、悲しいよね。あのね僕にもね、お父さんやお母さんがいるんだよ。僕のお父さん、お母さんも悲しいと思うからやめてくれないかな。僕も嫌だけど、お父さん、お母さんが悲しむのがつらいんだよ」

「わかった」

「わかってくれて、ありがとう」

と言って、話が終わった。でもこれぐらいの指導は教員にしてほしい。最近、道徳の授業は見直されている。まさに、道徳の教材としては、もってこいの話である。ここまで、たどり着いたとしても指導してくれない。教員の力不足が浮き彫りになった話である。


　私は道徳の授業に、人権教育の教員免許状を設ける必要があると思う。そしてそれは、社会福祉を学んだ者に与えて欲しい。

小学生に、防災の授業でいろいろな立場の人について考えてもらう（2021 年）

やったぜ、復帰できたよ！

（月刊誌『ひと』277号より）

勤務中に倒れた身障者の増田さん

増田弘行さんは、私と同じ脳性小児麻痺という障害を持っている。特に、左半身に緊張が強く、言葉も初めての人では聞き取れない。私たちは、「東京都身体障害者職業訓練校」に行き、そこからの推薦で新宿区役所に就職した。区役所が私たちに与えた仕事は、学校の用務員であった。

増田さんは、勤務中に倒れた。1992年1月4日のことである。トイレに行き、ドアに手をかけたとき、首筋から左腕にかけビリビリと電気が走った。その後、立ち上がることができなくなった。就職から12年目のことだった。

増田さんがトイレから戻ってこないので心配になった同僚たちが見に行くと、立ち上がろうとして這いつくばっている増田さんを見つけた。手を貸して、用務員室まで連れて来た。そして、同僚の車で帰宅した。

増田さんは、倒れる半年くらい前から左手がしびれだしていたが、仕事は休まず頑張っていた。倒れてから、有給休暇を使いはたし、そのまま休職となってしまった。その間、公務災害の手続きをとったが、区役所は認めなかった。東京都の共済組合の病院である青山病院に行き、区役所に診断書を提出した。「頸椎損傷」これが増田さんの病名である。私はこの病名を聞き、長くなるのではと予感した。

青山病院は普通の総合病院である。増田さんの場合は障害を伴っているため、普通の病院では不安であった。そこで北区にある北療育医療センターという障がい者の専門病院で診察してもらうことをすすめた。ところが、彼は1か月たっても、半年過ぎても医療センターに行こうとしなかった。とうとう私の方がしびれを切らしてしまった。私たちの仲間で作っている共生隊というボランティア仲間で、増田さんを説得することにした。

「自分の先々やタカちゃんのことも考えたら、早く体をなおせよ」

岩崎さんが強い口調で言った。タカちゃんと言うのは増田さんの彼女である。増田さんは仲間の四、五人の説得の間、ついに一言も言わなかった。私たちは人間の姿をしている石に話しているような無力感を覚えた。岩崎さんは怒りのあまり自宅までの5キロの道を歩いて帰ってしまった。それでもなお、私たちは説得をやめなかった。ただ一生懸命であった。その結果、増田さんがやっと重い腰を上げて、北療育医療センターに足を運んだ。のちにこの事が、増田さんにとってよい結果になっていく。その後、彼の体は徐々によくなっていった。

近づいてきた休職期間の満了日

公務員の場合、病気などしたとき、最長で2年半は休職できることになっている。そういう意味で、１９９４年の8月がタイムリミットであった。そのことは本人も知っていて、８月までになんとか仕事に復帰したいと話していた。

そんなときに、増田さんから突然、電話がかかってきた。７月29日の夜のことである。

「おれ、もうダメみたい」

「何が？」

電話から聞こえてくる彼の声は元気がなかった。

「実は昨日、区役所から電話があって、もうダメだから、８月４日に印鑑を持参して教育委員会まで来るようにって……。おれは病院に行っていて留守だったから、おふくろが受けたんだ」

ここで私は、増田さん本人が今後のことをどのように考え、どのようにしたいのかを明らかにしておかなければならないと考えた。

「増田さんとしては復帰したいのか、退職したいのか、どっちなんだ」

「そりゃ、おれだって、やめたくないよ」

「それなら5分後に電話をかけ直してくれ」

と言って、電話を切った。私はその後すぐに高橋清行さんに電話をした。清行さんは私の高校時代の先生であり、人間社会の間違っていると思うことや嫌なことを許さない、ということを〝趣味〟として生きている。すべてを話し、このような場合、どういうことに気をつけなければならないかをたずねた。

「まず、誰がダメだと判断したかが問題だ。教育委員会という人間はこの世にいないんだぞ。まず教育委員会の中の誰がダメだと判断したのかを明らかにすることだ。そのうえで、そのダメだという判断をした人に直接どうしてダメなのかを確認することだ」

私は「わかった」と答えた。増田さんから電話が来たのはそれから間もなくであった。私は増田さんの性格を考え、どのようなことがあっても絶対にあきらめたり、途中で投げ出したりせずに指示にしたがってくれと言った。増田さんに途中であきらめられると、誰のために闘っているのかわからなくなってしまう。それが一番怖かった。私にとって、敵は病気でも教育委員会でもなく、増田さんの性格だった。

彼は、「わかった」と返事をしたが、それでも心配だった。不安がどこまでも追いかけてくる。増田さんという人は面倒くさがりやで、のんきで、マザコンと三拍子そろっている。そのくせ、頑固である。一言では、とても表現できない。彼には恋人がいる。恋人の名前は、長島孝子さんという。私たちは、タカちゃんと呼んでいる。増田さんとタカちゃんの間では、結婚しようということになった。しかし、家に帰り、そのことを母親に話すと反対されてしまった。すると増田さんは

「おふくろが反対しているからダメみたい」

とあきらめてしまう。この性格が……。自分で自分をダメにしてしまう。情けない。

しかし、それ以上に教育委員会の増田さんに対するやり方が許せなかった。以上のことを考えると、教育委員会のとった行動は増田さんをばかにしているとしか思えなかった。

行政へ送った書留〝辞める意志なし〟

まず増田さんに退職しないという意思表示を教育委員会にすることをすすめた。次のような内容をワープロで清書し、印鑑を必ず押して、翌日の朝に簡易書留の速達で送るように指示をした。


「平成六年七月二十八日、私の留守中、教育委員会より電話をいただきました。

母が対応したところ私の職場復帰は無理とのニュアンスで八月四日(木)に印鑑を持参するようにとのことでした。

しかしながら、私は。職場復帰したく思います。従いまして、青山病院の担当医である鈴木振平医師に相談したところ復帰は可能とのことでした。七月二十五日のことです。従いまして七月二十八日に母が受けました内容は私本人としては納得できません。

教育委員会のだれがどのような基準に基づいて結論を出したのか、文章による回答を八月三日(水)まで至急くださいますようお願い申し上げます。

七月二十九日(金)

増田弘行」


これを簡易書留の速達にした理由は、教育委員会に増田さんの意思を8月4日前に伝えたという証明が欲しかったからだ。こうすることによって、文章が届いていないなどと言わせないことができる。また、送る前にコピーをとっておくことも重要だった。

つぎに増田さんに8月1日に青山病院に行き、職場に復帰するための診断書をもらうように話した。7月25日にすでに口頭で許可はもらっていた。

教育委員会と闘うにはこれだけでは不十分であると考え、人権擁護委員会に事情を説明して、相談をした。増田さんに電話をしてもらったが、不安だったので、私も直接相談してみた。人権擁護委員会は、本人がどんなことがあってもやめないと強く言い切ることが重要だと教えてくれた。私は何か問題になりましたらお願いしますと話した。

こうして増田さんの戦いは、書面、医師による診断書、さらに人権擁護委員会の三方向から行なうことにした。これで闘う準備は整った。

くじけそうになる増田さんに仲間が喝!

8月1日、増田さんは病院に行き、その後、人権擁護委員会に行く予定だった。だが、増田さんからは何も連絡がなかった。2日も何の連絡もなかった。とうとう期限の8月4日まで1日しかなくなってしまった。もし、医師が職場復帰をしてもよいという診断書を書いてくれなかったとしたら、増田さんの性格からして、あきらめてしまったかもしれない。だとしたら、電話くらいくれてもよさそうなもの……。しかし、そこで電話もくれないのが増田さんである。

そうではあっても、この問題は増田さん本人の問題であり、自分で解決しようという気持ちを持って欲しいと願っていた。

だから、彼から電話をしてくれるのをじっと待っていた。しかし、もう待てない。2日の夜、増田さんに電話をかけた。どういうことになっているかと訊いてみると元気のない声で

「1日に病院に行って、医者に話したんだけど、診断書を書いてくれなかった」

と言う。

「だって、口頭では職場復帰してもいいと言ったんだろう」

「でも、責任が取れないっていうんだよ」

「だって、仕事したいんだろう」

しばらく沈黙が続いた。

「もう、いいと思って……」

私は、この一言で全身の血が頭に上ってしまった。

「おめえ、何考えて生きてんだ！　おめえ、おれに絶対にあきらめないって約束したんじゃねえのかよ。おれをばかにするのもいいかげんにしろ！」

と怒鳴ってしまった。それでも増田さんからは何の反応もない。また、いつもの石になってしまったようである。

「聞こえたら返事くらいしろよ」

「聞こえています」

「増田さんもまだ若いんだから、いま仕事をやめてどうすんだよ」

「はい」

「明日もう一度、病院に行ってこい。診断書を書いてくれるまで絶対に帰ってくるなよ。それから人権擁護委員会にも行ってこいよ。いいか、わかったか」

「わかりました」

もう一度やり直しだった。そして、8月3日を迎えた。

とうとう行政から退職勧告が

8月3日、教育委員会から増田さんに回答が届いた。

【増田弘行殿
前略　八月一日　貴殿から書簡をいただきました。

そこで貴殿の問い合わせについて、お答えいたします。

七月二十七日午後三時ころ、教育委員会事務局庶務課給与係長（高橋）、同課給与係主査（磯上）、総務部職員課労務主査（黒田）、及び同課人事課主任主事（加賀美）の四名が青山病院整形外科の鈴木医師を訪ね、貴殿の症状及び復職について伺いました。

現在の症状については、「以前に比べれば回復が認められるが、現状では検査（ＭＲＩ）も手術もできない状況である。リハビリについても青山病院までの通院が困難であるとの判断で自宅の近くの医療機関に行っている。今後の見通しについては、良くなる可能性もなくはないが、症状としてはそれほど改善されるとは考え難い」とのことでした。

そして、復職については、

「歩行が困難な状況であり、通勤は危険が伴い困難であると思われる。また、職種が用務であるということを考えれば、業務に就くことは無理と判断せざるを得ない」

とのことでした。

以上の医師の診断に基づき、教育委員会事務局並びに区の人事担当が復職は困難であると判断しました。その理由は次のとおりです。

一、歩行が困難な状況での通勤は非常に危険を伴うこと。

二、軽作業も含め用具の業務に就くことは無理であり、また危険も伴うこと。

三、将来に向けて大幅な回復の見込みがのぞめず、現状維持の状況が続く、いわゆる症状固定の状態と判断されること。

四、通勤や職務において、職員を危険にさらすことができないこと。

したがって、貴殿の場合には、復帰を前提とした休職の更新は、あり得なくなりました。貴殿の復職への熱意や気力を考えると、大変残念ですが、苦しい選択をすることになりました。ご理解を賜りたいと思います。

なお、先日ご連絡したとおり、八月四日午前十時に総務部職員課人事係にお出でください。

平成六年八月二日

教育委員会事務局庶務課給与係長　高橋】

以上のように非常に長い回答である。ところで、この回答をよく読んでみると大切なことに答えていない。判断を下した人の名前が書かれていないのだ。教育委員会にとって都合の悪いことは曖昧にしてしまっている。これでは増田さんも納得できない。

増田さんはこの日、朝早く青山病院に向かった。彼はねばった。

「どうしても仕事をやめたくないので、診断書を書いてください。お願いします」

もともと口頭では職場復帰してもいいと言っていたのだから、増田さんの熱意もあり、ようやく診断書を書いてもらうことができた。診断書の内容はもちろん職場復帰しても良いというものである。教育委員会の回答では、青山病院の医師の診断を基準としている。だとするならば、もう教育委員会に増田さんをやめさせる理由はなくなった。青山病院を出た増田さんはその足で予定どおり人権擁護委員会に向かった。そこで今までの出来事をすべて話した。すると、

「明日、教育委員会に行くときは、印鑑を持って行かない方がいいでしょう」

とアドバイスされた。ここまでの話を夜、増田さんから聞いた。私はこれで闘えると思った。

行政に先手を、医師からの診断書

8月4日、増田さんは指定された時間に区役所に行った。診断書を提出するとともに、自信を持って復帰の意思を伝えた。その増田さんに対して、教育委員会は強気に出た。

「あなた、障害の程度は変わりましたね。一級になった人には仕事は無理ですよ」

という。確かに増田さんの障害の程度は、倒れる以前の四級から一級にダウンしていた。しかし、増田さんはそれでも引かなかった。

「私も生活がかかっているんです。どうしても復帰したいのでお願いします」

担当の人は「青山病院以外の病院に通院していないのか」と質問してきた。

「友人に勧められて、北療育医療センターという障害者専門の病院に通ってます」

「担当医は?」

「田中先生です」

「先生は今度いつ病院にいますか?」

「7日です」

「それでは、8月7日に私たちが北療育医療センターに行き、田中先生に復職について聞いてきます。最終的にその結果で決めましょう」

「分かりました」

なぜここで、北養育医療センターが登場したのか納得できないが、増田さんの首は七日までなんとか繋がった。

次にやらなければならないことは、教育委員会が北療育医療センターの田中医師に会いに行く前に、復職可能という診断書をもらってしまうことだと考えた。そのことを増田さんに理解してもらった。

8月7日、増田さんは朝早く起きた。通常、病院は9時から受付であるが、その1時間前に病院に着いた。当然、一番乗りである。だれよりも先に受付を済ませ、だれよりも先に診察室に入った。増田さんは担当の田中医師に、

「どうしても復職したいので診断書を書いてください」

と頼んだ。田中医師はすぐにペンを取り、

「病名、脳性麻痺　変形性頚椎症　右記のため保存療法を行ない、症状が軽快になってきたため復職を許可します」

という診断書を書いてくれた。さらにこのコピーが欲しいと言う増田さんにコピーを一枚取ってくれた。増田さんがコピーをもらって、まもなく敵は数人でやってきた。診察室で増田さんとばったり顔を会わせてしまった。係長を中心とする人たちは、増田さんの姿が目に入ると顔色が変わった。増田さんに言わせると変な顔をしていたという。その場で田中医師に、増田さんも加わって教員委員会の人たちとの三者会談が始まった。

教員委員会側が田中医師に問う。

「重いものを持ったりすることができますか？」

「今は軽作業なら可能です」

と医師は答える。すると今度は、

「通勤については問題ないですか？」

「特に問題ないでしょう」

と医師が答える。こんなやり取りが15分ほど続いた。その間、教育委員会の人たちは増田さんと目を合わそうとしなかった。結局、8月7日から復帰するということで話がまとまった。そこで初めて、教育委員会の人たちが、

「頑張ってください」

と声をかけたという。

二重三重の差別とのたたかい

増田さんが病院で闘っている頃、私は仕事で労働組合の部会長と会った。そこで部会長に増田さんのおかれている状況を話した。ところが、部会長は
「状況はだいたい聞いているよ。ただ、復職させて、その後、もしまた倒れでもしたら、なんで完全に治っていない人を復職されたんだと言われるからね……」
と言う。本人が復職を希望し、医師がそれを認めているというのに、組合がそれを支援して

くれないというのはおかしい。これが十数年間も組合費を払い続けた増田さんに対する言葉かと思うと情けなかった。身障者は二重三重に差別され、それらと一つ一つ闘わなければ生きていけない。

教育委員会だけでなく、区役所には障害を持った人たちが私たちの他にも働いている。ただし、脳性小児麻痺という障害を持っているのは私と増田さんだけである。もう一人いるにはいたが、同僚にいじめられて退職に追い込まれてしまった。増田さんの場合、いじめということはなかったが、教育委員会のとった対応は正しいとは言えない。増田さんが倒れた時、教育委員会は公務災害を認めなかった。増田さんにとって、仕事がきつかったとは考えられなかったのだろうか。小学校の用務員くらいなら無理なくできるだろうと思って配属したのだろうが、脳性小児麻痺という障害に対する理解や配慮は何もない。同じ脳性小児麻痺であっても、私と増田さんでは負担を感じる箇所も違えば、度合いも異なる。行政もスローガンに掲げている「完全参加と平等」を実現するためには、個人個人の障害に対する理解や配慮がなければならないだろう。ましてや教育委員会という教育行政に携わる人びとの障害に対する無理解には呆れる。

国及び地方公共団体は、再び、もうひとりの増田さんが現れたら、差別せずにどうしたらその人と共に生きていけるかを考えていただきたい。それこそが社会へ完全参加する近道である。ところが、現実の社会はそのために私たち障害者が闘わなければ生きていけない状況なのだ。

第7章　私の結婚そして子どもたち

「障がい者は短命で、遺伝する」!?

（雑誌『人権と教育』40号より）

私は脳性小児麻痺という障害を持っている。とくに左手の麻痺が強く、全身に筋緊張がある。歩くときも全身が揺れ、足を引きずるようになる。言語障害もあり、困ることも多い。

私は東京都新宿区で小学校の用務員という仕事に就くことができた。就職をして2年が過ぎ私は立正大学短期大学部社会福祉科（夜間）に入学した。ここで、自分の障害や社会、福祉をしっかり勉強してみようと考えたからである。

大学は埼玉県熊谷市にあった。この入学によって、私の生活は一変する。大学の授業を終えて家に帰ると12時を過ぎる。そして、朝6時前に職場に入る。休みは日曜日だけである。だが、その日曜日もボランティア活動で忙しい日々が続いた。体は非常に疲れているのに毎日が楽しく、水を得た魚のようだった。その反面、福祉を学ぶということやボランティア活動を行うということは私にとって自分が着ている物を1枚ずつぬいでいくという作業である。それまで、自分の障害を打ち消すために健常者に近づくために必要なコートを羽織り続けてきた。気づけば、コートが鎧のようになっていた。

出会いはボランティア

私は大学でアドレッサーと言うボランティアサークルの部長をしていた。1年が経って、活動報告書を自信満々で提出した。ところが、担当の清水海隆先生に「おまえら何とかに参加、参加、参加だけじゃねぇか。高校生のボランティアじゃないんだぞ」と言われて頭を殴られたような気がした。だからそれ以後の活動については、すべて自分たちで企画し、自分たちで人を集め独自の活動をした。たとえば、ある授産施設とソフトボールの試合を行った。

卒業後、アドレッサーの仲間たちと共生隊と言うボランティアサークルを結成した。共生隊としては、車椅子の講習会や身障者用のトイレ設置署名運動などが代表的な共生隊の活動である。アドレッサーと共生隊は互いに協力体制を作り上げた。アドレッサーの卒業生はほぼ自動的に共生隊員として引き続き活動をするような組織になっていた。

共生隊の打ち合わせは大宮や熊谷で行われた。その日も仕事を終えた後、共生隊のメンバーと熊谷駅で待ち合わせをして待っていた。そこで偶然にあった清水先生が、僕らが打ち合わせする居酒屋に用事終了後、来てくれることになった。先生は約束どおり、しかもゼミの新入生五、六人を連れて現れた。打ち合わせの場が突然コンパと化した。その中の一人の女学生と私はデートの約束をした。

デートは熊谷駅で待ち合わせをした。彼女は群馬県の高崎市に住んでいる。私は車で熊谷駅に向かった。その日は、いつになく道路が渋滞していた。当時はまだ携帯電話が普及しておらず、連絡をしたくてもその手段はなかった。とりあえず、車を前に進めるしかなかった。結局、私が熊谷駅に到着したのは約束の時間より3時間も遅れてしまった。それでも、彼女は待っていてくれた。

こうして、私たちの交際は始まった。私が彼女にまずお願いしたのは、アドレッサーに入って一緒にボランティア活動をして欲しいということだった。彼女は何のためらいもなく了承してくれた。私たちは週末になると熊谷で会った。熊谷の瑚水亭という喫茶店で待ち合わせる。そこで、ボランティアの打ち合わせなどを行っていた。また、試験が近くなるとレポートを作成したり、試験勉強をした。教授のくせや単位を取るためのコツなどは私の方がよく分かっている。それを彼女に教えた。

やがて、彼女はアドレッサーの部長となった。私から数えて四代目の部長である。部長ともなれば、本来の学業とボランティア活動に加え部内のトラブル解決や取りまとめといった仕事が増えた。それに伴い、帰宅時間も遅くなっていった。私も仕事を終えて、熊谷に向かう日々が増えていった。そんな日々の中で、彼女の両親が心配していることを聞かされる。本当ならば、付き合い始めたときに彼女の両親にきちんと挨拶をしておかなければならなかった。頭では分かっていたが、ずるずると時ばかりが過ぎていった。というより、彼女の両親に自分がどう映るのか不安だった。気がつけば一年以上の時が流れていた。私たちは将来のことも視野に入れ彼女の両親に会っておくことが大切であると考えた。

こうして、私は勇気を振り絞り彼女の家に向かった。

両親の反対

彼女の家は高崎市内にあった。いつものように熊谷で待ち合わせをして、高崎まで連れて行ってもらった。家に着くと、たわいもない話から本題への口火を切ったのは彼女である。台所に立って、背を向けているお母さんに。

「お母さんは私たちが付き合っていることに反対なんだよね！」

「お母さん、本当ですか？　何んでですか？」とすかさず私は聞いた。すると、台所から振り返りこちらに向かいながら思わぬ答えが返ってきた。

「だって、三木さんあなた障害持っているし、短命でしょ！　それに、子どもができて遺伝しても困るでしょ」

私は肯定も否定もできずに黙ってしまった。その後も何か話したのだが、どんな話をしたのか全く覚えていない。帰りは彼女が熊谷まで送ってきてくれた。いつもなら、いろんな話をするのだが、その帰りはいつになく無口だった。新幹線の中、窓から外を眺めながら止めどなく涙が流れる。何で何も言えなかったのか。今まで、出来ること出来ないこと、努力すること、負けん気といった概念で生きてきた私にとって、異質な壁にぶち当たった。

そんな私の姿を見ながら彼女は私の涙を拭いてくれた。気がつくと、彼女も泣いていた。私の涙を拭きながら

「あなたはお母さんと付き合うわけじゃないでしょ。私と付き合うんでしょ」

そういう彼女に言葉も返してやれず、その日は別れた。

しかし、お母さんの言ったことは親としては当たり前のことである。私は福祉を学んだはずなのに、現実こんなにうろたえてしまっている自分がいた。あまりにも問題がストレートすぎて自分の中で消化できずにいた。

そんなことがあった後も、私たちはそれまでと変わらぬ付き合いを続けていた。

やがて、彼女も卒業が近づくと就職を意識してきた。私との話では、できる限り東京の近くで福祉の現場を希望していた。そんな彼女に教授が東京のある施設を紹介してくれた。大学からの推薦でその施設に内定をもらった。

ある日、私は新宿区報の職員募集の記事を目にする。しかも、福祉現場の指導員である。職員課に問い合わせをした。すると、募集定員が少ないことに加え、願書締め切り期間が極めて短いことを再確認させられた。私はすぐに彼女に連絡し、受験を勧めた。大学の推薦をもらっ

ているので他は受験できない、大学の印象も悪くなるし、後輩のためにもと言う彼女に受験するよう説得した。結果、合格した。

彼女は上京し区役所の寮に入った。上京に成功したことで毎日のように会えるようになった。彼女と私との間に仕事という共通の話題が増えた。彼女が着任したのは、新宿区の障がい者を対象とした福祉作業所である。

私は西武線沿いのぼろのアパートに住んでいた。トイレも共同で、もちろん風呂はない。電車が通ると話が聞こえなくなる。2階だったので窓を開けると電車に乗っている人の顔がよく見える。当時は母が私を心配して、実家とアパートを行ったり来たりしていた。実家は千葉県の富津市で、距離的にはたいしたことはない。母からすれば、父が亡くなり、実家にいても邪魔にされ、居場所がないこともあり、東京に来ていた方がよかったのかもしれない。本人は意識していなかったが、実家にいる母は腰が曲がり、何もしない年寄りであるが、東京に来ると別人のように生き生きとし、腰も伸びていた。

学生時代のことである。アドレッサーで知り合った女の子を連れて、実家に帰った時のこと。母がそっと私を呼び出し、耳元でこう言う。

「おまえ、あの子普通の子じゃないか！　おまえには障害があるんだから結婚なんて考えずに一人でいた方がいいんだよ！」

私は自分の母親の口からそんな言葉を聞くとは思わなかった。いま思えば、母も私が女の子を連れて行くなど考えられないことだったに違いない。けれど、このことがあって、私も考えさせられたし、母もひょっとしたら結婚ということも頭の片隅におけるようになったのかもしれない。

彼女が仕事を終えアパートで食事し寮に帰る、そんな生活になっていった。そんなある晩のことである。食事を終えた後、母が彼女に話しかけた。

「あんた、由和と一緒になってくれるの？　結婚してくれる？」

そういうと母は彼女の肩に手をかけ彼女を揺さぶった。突然にせまられた彼女はどう答えたらいいのか分からずおどおどする。すると、母はこう続けた。

「何で答えられないの？」

と言って掴みかかった。母からすれば、この障害を持つ子と本当に結婚してくれるのか？と思う反面、息子をとられる、自分の居場所がなくなる。それらの思いが自分の中だけにとどめられず外に出てしまい、彼女に向けられたのだろう。母は完全に自分を見失っていた。私は母の背後に回りこみ腕を押さえ、彼女から離そうとした。すると自分が責められていると感じ、今度は彼女が泣きながら

「そんなに私がだめならもっと由和さんにふさわしい人を見つけてください。私はあきらめます」

母は自分の押さえ切れない思い、彼女のあきらめると言う言葉、さらに、私に抑えられた思

いでどうにもできなかったのだろう。その時、母を馬乗りになり押さえていた私に対し、

「こんなふうに、親に手を上げるような子ではなかったのに」

私も、彼女も、母も、それぞれが生き地獄である。彼女はとりあえず、今日は帰ります、と言って靴を履きかけた。すると、母は土間ぼうきを振りかぶり、彼女に向かっていく。逃げる彼女をなお追いかける。アパートの階段を彼女が下りるとやっと、ほうきを下ろし仁王立ちになった。私は彼女を追いかけてアパートを出た。彼女からすれば、いきなり言われて答える前に、自分が責められている気になったのだと思う。あのとき私はただ母を押さえつけておくことしかできなかった。この事件があってから母が東京のアパートに来ることがめっきり少なくなった。

いまがチャンス

彼女が就職をしてすでに2年が経とうとしていた。彼女が実家に帰ったとき両親から結婚の許しをもらったんだと言う。よく話を聞いてみるとお父さんの考えがキーワードになったらしい。ある日、お父さんがお母さんにこう話した。

「なあお母さん、結婚ということを考えたとき、もし

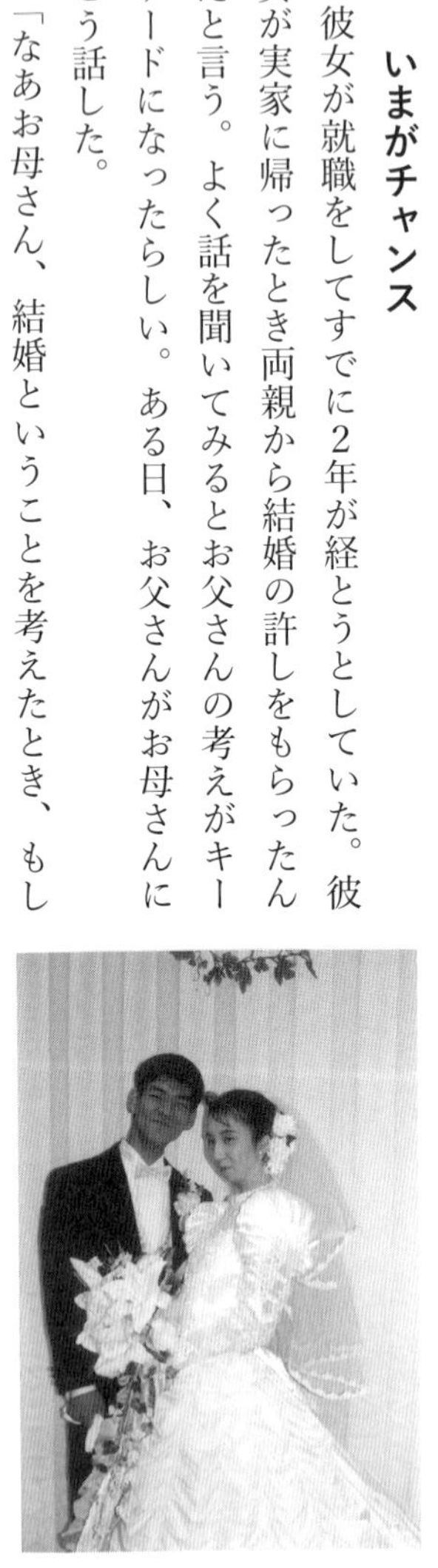

高田馬場の平安閣にて

かしたら娘にとっていまがチャンスなのかもしれないなあ！」

お父さんにこう言われてお母さんも、

「そうかもしれないね！」

と答えたと言う。そんな話を聞かされた後、今度はあなたの番だよと言われた。そう言われても、私の頭にあの日の、あのときの彼女のお母さんに言われた言葉が繰り返される。私はとりあえず、母に結婚を考えていることを伝えようと思っていた。すると、母の方から、

「いつ結婚するんだよ！」

と話かけてきた。あの東京のアパートでの事件など忘れてしまったかのようにさばさばとしている。実家では姪に厳しく諭されたと聞いている。きっとあの後、この日まで母は母なりに考えたのだろう。私はこの母の言葉に子離れと自分への葛藤を感じた。障害をもった子を育て、その子の世話をすることを生甲斐にしてきた、何処にでもいる平凡な母親である。

私と彼女は結婚のあいさつをするために彼女の家に向かった。車に乗り込み走っていると民家から火の手が上がっていた。二人で急いで車を降り、消火をし、消防署に連絡をした。それから、警察で調書などとられ時間がかかってしまった。結局、彼女の家に着いたのは夕方になってしまった。

結婚のあいさつのはずが、初期消火の話で盛り上がっていた。私も話のきっかけがうまくつかめない。そんなとき、お母さんから話を切り替えてくれた。

「三木さん！　うちの娘をよろしくお願いしますね」

「こちらこそ、宜しくお願いします」

と答えた。お父さんのチャンスかもしれないという言葉が私たちにとってはチャンスとなった。

この初期消火で新宿区長からも表彰され、職場でも交際が発覚した。そして、私たちは半年後、結婚した。

披露宴に出席してくれた人たちに私はこう挨拶をした。

「皆さんにお願いがあります。私は差別を受けたとき怒ります。親族として、友人として、知人としてそれぞれの立場でこれからの私たちとともに闘ってください」

長女和香奈

結婚して一年ほど経って、女の子を授かった。この手に彼女を抱いたとき、まず指が5本あるか？　五体満足か？　と普通の人のように見てしまう。そんな自分を愚かな奴だと思いながら、この上なく嬉しい。すると、妻が
「名前どうする？　考えさせてやるよ。でも、採用するかどうかはわからないよ」

そう言うので、家に帰って一生懸命考えた。一晩中寝ないで考えた結果、和香奈という名前にたどりつく。聖徳太子の和を以て貴しとなす、から和むという字を頭に据える。次に香るという字を選んだ。和が香るようにである。彼女がそこにいるだけで、争い事がなくなり、その場が和むようにと願う。最後に奈を付けた。奈はその状態がいつまでも続くようにとの思いを込めた。

翌日、病院に向かった。妻は私の顔を見ると

「どうしたの？　顔色がわるいよ」

「夕べ寝ないで考えたんだ」

妻への説明が始まった。説明が終わると

「わかった。採用決定！」

かくして、長女の名前は和香奈に決まった。和香奈本人も自分の名前を気に入っているようで、私としても嬉しい。

和香奈は幼い頃からしっかり者である。妹彩音のお世話もよくしてくれた。ときには私の面倒も見てくれた。保育園の帰りにモスバーガーによると商品をテーブルまで運んでくれるのは和香奈だった。日曜日に近くの公園に散歩に行くと

「和香奈がみんなの分お弁当を作るよ」

と小さい手で、小さいおにぎりを作ってくれるのだった。

そんな和香奈が、小学校の4年生になったある日、学校から帰ってきてシクシクと泣いている。どうしたのかと聞いてみると、少しずつ理由を話し始めた。

算数の時間、担任の牛込淳先生が質問すると、和香奈は分からないと答えた。もともと算数は苦手である。それを聞いた牛込先生は

「和香奈わからない」

と真似をすると、今度はクラス中で

「和香奈わからない。和香奈わからない」

と大合唱が始まったというのである。私は直ぐに学校に行き、担任の先生と教室で話をした。牛込先生とは初対面である。わざとまわりくどい話をした。それでは、言いたいことが分からないようなので、切り替えてストレートに話した。

「先生、和香奈という名前は私がつけました。名前でからかうのはやめてください」

家に帰ると和香奈は私に言う。

「お父さんありがとう」

それを聞くと、私は余計な事をしたのではないか?と不安な気持になる。翌日、学校に行くと、先生がこう言ったという。

「和香奈、昨日は悪かったな。でもな、先生は、あだ名は決して悪い事だと思わないぞ」

それを聞いた妻が、和香奈わからないがあだ名なのか?とさらに怒っているので

「まあまあ、牛込さんからすれば、負け惜しみだったんだろう。そのぐらい許してやる。教員はそんなもんだよ」

と妻をなだめた。

和香奈は中学では生徒会の副会長をやり、高校に進学すると生徒会の会長になった。そして、生徒を代表して国会議事堂で私学助成を訴える演説を行なった。

偶然にも、私は同じ日に国会議事堂の外で大飯原発運転停止を求める集会に動員で参加していた。

不登校になった娘、高校生に

（雑誌『人権と教育』60号より）

彩音は三木家の次女である。3歳年上の姉和香奈がいる。幼児期に少し言葉が遅かったような気がする。自分の思いを伝えきれずに、怒ったり、泣いたりしていることが多かったように思える。性格的に緊張しやすく、その反面ひょうきんである。心配だったのは、初めてのことについてはとくに緊張してしまう。

小学1、2年生——みんなについていけない

小学校に入学した。担任は石川あゆみ先生だ。入学式はとくに問題なく終えた。教室に行き先生の話を聞く。先生の話が終わった後、私が先生に話す。

「先生、うちの子ちょっと変った子です。少し、手がかかると思いますがよろしくお願いします」

先生にはチック症があり、それが激しくなった。

「分かりました」

と言うのだが、先生の意識はこの後の食事会に行っていたのだろう。

夏を迎え、プール指導が始まった。教室で水着に着替えプールに向かう。みんなが着替えを終え、整列した頃、彩音はまだ裸だった。先生に怒られた彩音は、作戦を立てる。パンツの上に水着を着てプールに入った。当然パンツはビチャビチャである。そのまま、次の授業、給食、また授業でやっと下校。彩音のパンツの異変に気づいたのは、学童クラブの先生だった。学校は見てくれない。

夏休み前、ランドセルとは別に手提げ袋を持って帰ってきた。中身はプリントの束だ。連絡帳を開くと

「彩音さんは一学期間みんなが提出していた宿題プリントが出ていませんでした。夏休みの間、家で見てあげてください」

と書かれていた。頑張ってはみたが、結果は焼け石に水だった。彩音の1年生はプリントと闘い続けた1年間であった。

2年生となり担任が変わった。石垣真帆先生である。このあたりから、彩音の様子が変わって行く。家に帰ってからもなんとなく元気がない。

この石垣先生すごく若い。髪の毛は赤く、非常に化粧が濃い。白っぽい服にスカートは短め。話し方も甘ったるく、キャバクラ嬢のようである。そんな先生と初めての個人面談、挑むのは妻である。ノックをし、教室へ

「どうぞ!」

椅子に座るよう促される。座るとしばらく、沈黙が続く。宣戦布告は先生からだった。

「お母さん、私に何か言うことないですか!」

「いつもお世話になっています」

「そう言うことではなくて」

「学習面でのことですか?」

「あーの~、私は40人も一人で見られませ~ん。えーと、彩音さんは授業中はいつーも、ボ~としているんです。私は他の子を見ているので~」

「すると、先生が他の子を見ているときは、彩音はどうしているんですか?」

「ですから~、ほっぽらかしていま~す。教科によっては、よくできる子にお助け先生と名

づけて教えさせています」

彩音にとっては、保育園から友達関係だったものが、教える側、教わる側という上下関係が生まれ、辛かったはずだ。

私は1学期の通知表に
「彩音は時間をかければできる子です。授業中ボーとしているとき、気がついたら発問をするなどし、ほっぽらかさないで下さい」

と記入した。

2年生になってから、さらに給食を食べなくなった。先生はきびしく、昼休みになっても、午後の授業が始まっても食べるまで給食と睨めっこをさせた。この頃、給食の様子を描いた絵を持って帰ってきた。真っ黒な背景、机の給食と睨めっこをする彩音がいる。私も妻もショックを受けたことを覚えている。

1学期も終わる頃、先生からの連絡帳を読む。赤いペンで真っ赤に書かれたページに驚きとショックを感じた。彩音の忘れ物が多い、やる気がないようだという。家でもう少し見てくれとの内容である。

彩音になぜ忘れ物をするのか？　聞くと、帰りの時間に先生が明日の時間割と持ってくるものを黒板に書いてくれる。それが書ききれないと言う。書き写す時間をくれないと言う。それを先生に言うと、写すための時間は取ってないが帰りの会をしながら、他の子は写しているとまた真っ赤な返事が届く。仕方がないので、彩音の学童クラブからの帰り、私が迎えに行って二人で学校に寄り、連絡を書き写す毎日が始まった。私は彩音に対して不器用な父親である。脳性マヒの後遺症で左半身マヒがある。学校の用務員として働いている。こんな形ではあるが、彼女に寄り添うことができたような気がした。

日が短くなった寒いある日、学童クラブの伊藤先生から妻に電話が入る。彩音が一人だけ学校から帰って来ない。友だちに訊ねる。

「あのね、今日の3時間目に質問しても何にも言わなかったから、先生に怒られているの！」

それにしても、連絡なしで残すのはルール違反である。伊藤先生が学校に電話をすると

「直ぐに、帰すように云います」

とのこと。それから30分程で彩音は学童クラブに到着した。辺りはとっぷりと日が暮れ、木枯らしで冷たくなった彩音に伊藤先生が近寄ると、無言のまま抱き付き泣き始めた。伊藤先生もそんな彩音を抱きしめたと言う。この後も、何度か同じようなことがあった。とうとう彩音は、一歩学校に入ると、にこりともしない子どもになった。けれども、なぜか不登校にはならない。

これを支えた要因の一つ。２年生になったある日のこと、彩音が私に

「彩音はピアノを習いたい！」

それを毎日のように言う。そういえば、ちょうど家の近くに育成会というピアノの教室があった。帰り道に寄ってみた。直ぐにレッスンが始まった。さらに、育成会は学習塾もやっていた。

そこで私は、学力面について相談をしてみた。すると学習も見てくれると言う。実は育成会の学習塾は4年生からである。しかし、彩音は特別に教えてもらえることになった。学習を担当したのは、国語の梶先生と算数の村山先生である。彩音にとって、家庭以外の拠り所ができた。

そこでの学習は、ただ問題をこなす学習ではない。たとえば、餃子を作るのだと、彩音が数日前からそわそわと落ち着きがなくなる。村山先生は数日前から彩音と準備を始める。

「彩音、餃子を作るために必要なものは何だろうねえ」

ノートに書き出していく彩音に

「餃子の皮って何から作るのかねえ?」

「小麦粉でしょ!」

「じゃ、その小麦粉はどうやってつくるのかねえ?」

このように原料を導き出し、それがどのような物でどのように育てられるのかを学習させる。すべての原料学習が終わると、今度は近所のスーパーに行き、材料の値段を調べる。教室にもどり、すべての材料費を計算させる。そして、その合計額を持って買いに行く。彩音にとって育成会は楽しくてしかたない。そんな彩音について村山先生は

「彩音に学校での様子を聞くと、ここでこんなにのびのびしているのに、学校は彩音にとってつらいと思います。先生も友達も彩音を理解してくれるといいんですけどね」

とうな垂れる。

３、４年生——固まるようになった

３、４年生を受持ったのは、矢作紀子先生である。
「彩音は矢作先生大好きなんだ！」

といつも語る。では、どんな所が好きなのか？　訊ねてもこたえない。そんな彩音だったが言葉とは裏腹に、学校ではますます孤立していった。時にまったく動かなくなった。立ったまま、口は一文字にむすび、視線は下一点を見つめたまま動かない。いつしか彩音のこのスタイルを固まると言われるようになっていた。一度固まると梃でも動かない。ある日、固まった彩音に怒り、先生から家に電話がある。家には三人目を妊娠中の妻がいた。

「ご家庭では、何を考えているんですか？　もっと考えてください」

弾丸のように責められ、泣いて謝る妻。やがて先生が玄関まで連れて帰って来た。玄関で話す。

「いつも先生の事が大好きだって、言っています」

「それは嘘です。この子は隣のクラスの牛込先生が好きなんです。だから、私のことは嫌いなんですよ！」

固まる彩音の前でこう言い放ち、帰ってしまった。呆然と見送る妻と彩音。意識的に先生を好きになろうとした彩音はまた傷ついたに違いない。

学芸会の練習が始まり、泥棒学校を演じることになった。彩音のセリフは「五右衛門先生ホンジャマ」である。家に帰って来ると、このセリフを大きな声で言い続ける。そして本番当日、ここでも彩音は固まってしまい、あんなに練習していたセリフを言うことができなかった。
そんな頃、育成会が経営難のため無くなるという。私は彩音にどのように話したら良いか悩んだが、話をするとあっさり
「そうなんだ！」
と言うだけであった。きっと心の中では動揺していたはずである。最後の育成会の保護者面談、村山先生は
「彩音は頭のいい子です。私達は彩音を今日まで見てきましたが、明日からあの子はこの手から離さなければなりません。お父さん、あなたは私なんかよりもっと、人として生きて行く力を沢山持っているはずです。それを彩音に見せて上げて下さい」
そう語る村山先生の目に、うっすら光る物があった。

5、6年生――消しゴムで一人劇団

5、6年を受け持ったのは大須賀雅子先生である。育成会を失った彩音に変化が見られる。一人で何やら話をしているのだ。そうっと、様子を伺うと、消しゴムを三つ程並べ、その消しゴム同士で話をさせている。
消しゴムA「明日、遊ばない？」

消しゴムBが声を変え「ごめん、明日お母さんの誕生日なの」

さらに口調や声を変え消しゴムC「誕生日プレゼントは決めたの？」

とこのように三者の話は続く。黙っていれば、1時間でも2時間でも続けるのだ。これを一人劇団とでもしておこう。私は見ていると心配になり、何度か現実の世界に引き戻そうと消しゴムを出し、話に割り込もうと試みる。しかし、私が一言発すると
「入って来ないで！」

と異常な口調で怒り出すのだった。

学校では全く教室に入らなくなっていった。大須賀先生が廊下で固まる彩音に
「彩音ちゃん、教室は入れなくても良いよ！　でもここで、授業きいていてね」

と言うと、こっくりと無言で返事をする。

「体育の授業も、みんなと移動できなくても良いけど、体育館には来るんだよ！　先生待っているからね！」

と言うと、こっくり返事。でも、必ず来るんですよ。と先生は言う。私にはちゃんと解る気がした。今までの担任と違うのは「先生待っているからね」と彩音に寄り添う心が大須賀先生にはあった。

土日、祝日ともなれば、彩音は人が変わる。朝早くから友達の家に電話をかけ
「今日遊べる？」

とみんなを呼び出し、集めて遊ぶのだった。ところが、これが問題を引き起こす。学校の保護者会で、彩音に苦情が出る。お受験を控え、塾もある大事な時期なのに、誘われたら困るというのだった。妻が彩音に言って聞かせる。

「彩音、お母さんは彩音が積極的に誘うのはいいことだと思うよ！　でも、相手のことも考えないとねえ」

また彩音はつぶされてしまった。

毎日毎日固まっても、彩音は学校を休もうとはしなかった。そんな頃である。育成会の梶先生から電話があった。

「彩音、どうしていますか？」

いまの状況を話すと

「実はね、育成会で教えた子に、彩音の話をしたら、私が教えてあげてもいいと言う子がいてね。家も近いし」

私達家族はぜひお願いします。と少々厚かましくも即答した。柳ななみさんである。彼女も昼間は学生であるので、夕方から彩音をみてくれた。

一方、学校では相変わらず固まる。最後の運動会でよさこいソーランをやるのだが固まる彩音。でも、家では私にやって見せる。私がパソコンのユーチューブから曲を流してやると嬉しそうに踊って見せた。それを携帯の動画にとってやった。大須賀先生に見せると

「あってる、うん、そこもあってるよ！」

とはらはらしながら、応援し、うなずき、笑顔を浮かべ嬉しそうに見つめる。そして、全て見終わると
「お父さん、完璧です。どこも間違っていません。ちゃんと、練習見ているんですね。ありがとうございました」

「みんなの前で固まっても、みんなと踊りたいんですよ、きっと」

「そうですよ。だって、こんなにできるんだもの」

先生は彩音をちゃんと理解してくれたことが嬉しかった。

彩音を理解してくれた先生がもう一人いた。日本語指導の田頭明子先生である。田頭先生はクラスを担任していない。でも、彩音はなぜか田頭先生の言うことはきくのだった。固まっているときでも
「彩音ちゃん。いまから先生の背中だけを見て着いてきてね」

と言うと何か所でも移動ができた。私は田頭先生の空き時間に彩音を見て欲しいと学校に要望した。すると、それが実現し、彩音と田頭先生の授業が始まった。彩音は
「彩音はみんなに絶対追いついてやるんだ」

と語っていたと言う。しかし、この田頭先生も、やがて中国の大学で日本文化を教えるために行ってしまう。先生を失った彩音は家で、あの一人劇団をしている時間が長くなった。

卒業が近くなった頃、彩音と一緒に西早稲田中学校に行った。三町章校長に今までのことを伝えるためである。校長室で話す。

「解りました。私達も全力でお預かりします。彩音さんの個別指導計画も作りますので、ご安心下さい」

という校長の言葉に一安心した。

さらに校長

「君の仲の良い友達は誰かな?」

彩音が自ら三人の名前をあげた。

２０１１年3月11日この日は謝恩会である。私も当日は仕事を休み、妻と長男駿太郎と三人で参加した。彩音はみんなと一緒には無理なので、先に席に着いていた。一人で体育館にぽつんと椅子にかけている。同級のみんなも来ると、彩音の姿は大勢にまぎれた。謝恩会は進んで行く。

その時、ゴーという聞いたことのない音、ゆれる体育館、そう東日本大震災である。みんなテーブルの下に身を隠す。そんな中にあっても、椅子に腰かけたままいつものように固まっている彩音がいた。

後で

「おまえ、逃げなきゃ死ぬよ」

「死んでないじゃん」

まあそうだ。毎月やっている避難訓練でも固まる。用務員の笹子さんが残留児童の有無を調べると彩音がいる。用務室で彼がつぶやいたと言う。

「本当の災害なら抱き抱えてでも連れてくる。でも、俺は男だから女の子に手を触れることができない。俺が親だったら、毎日学校に来てどうにか教室に入れる」

彼は私と同期の用務員である。お互いに、家族状況など解かっている。だとすれば、余りにも無責任な発言である。私が仕事を辞めたら生活ができない。この大地震にあっても、彼は彩音に声も掛けなかった。

卒業式、この日も彩音は固まった。式の間、別の部屋で終わるのを待っていた。全てが終わった後、体育館で彩音のたった一人の卒業式が挙行された。校長に証書を手渡すのは１年生の時の担任、石川先生だった。担任に名前を呼ばれ、小さく返事をし、証書を受け取る。一連の行事が終わった後、私は石川先生に

「先生、覚えていますか？　入学式の後、私が先生に言ったこと」

するとと、チックが急に激しくなり

「はい、覚えています」

と答えた。

中学校時代——とうとう学校に行けない

入学式は自席には居られず、私と妻と三人で後ろに座った。心配していたことが起こった。やはり教室には入れない。驚くことに、彩音のように教室に入ることができない子が数人いた。学校としては、そんな子たちを空き教室の中に隔離していた。入学から2か月ほど経過した頃である。その日は隔離室で彩音一人だった、いつものように先生もいない。数時間が経ち先生が戸を開け様子を見る。すると、教室の白壁が血で染まっている。彩音に目を移すと白いシャツも赤く汚れていた。事情を聴くと、一人で指先を噛み血が出たので壁に擦り付けたと言う。自分で壁を拭かせ掃除をさせたという。

5月23日、西早稲田中の副校長が出張で、私の勤務する学校にやってきた。彼は私を見つけ「家庭でもっと本人にプレッシャーをかけなきゃだめだ。何とかしなきゃ、大人になったとき、私に何もしてくれなかったって言われるよ」

と説教をして帰って行った。

やがて、ついに

「学校に行きたくない。お腹が痛い」

と言い出した。毎朝、妻が送って行き保健の養護教諭に手渡し出勤する。だが、それも長くは続かなかった。間もなく完全に引き籠った。2学期も3学期も学校に足は向かない。家にいて彩音は、パソコンを見たり、一人劇団を一日中やっていた。けれど、夕方になるとななみさんの塾に行く。ななみさんだけが彩音にとって変わらない環境だった。

彩音が学校に行かなくなって、数か月がたった。学校からは彩音に対して、何も連絡がない。毎日のように連絡やプリントが出ているはずなのに、彩音の存在すらなかったかのようである。

２月21日の夕方、担任の鳥海先生から電話があった。

「渡したい書類があるので学校まで取りに来てください。いつ来られますか？」

「明後日の夕方でいいですか？」

と答える私に
「ああ、いいですよ。私はいないので、受付で分かるようにしておくのでもらって帰って下さい」

私はその誠意のない電話に怒りが頂点に達した。まず、一番に「彩音さんはどうしていますか？」ではないのか？　学校に呼び出したら「お父さん、ちょっとお話しましょう」ではないのか？　腹が立った私が
「あんたねぇ、担任だろう。ここまでほったらかしで心配じゃねぇの。この給料泥棒！」

「そんな言い方しなくても」

「言わせているのはあんただよ」

私は直ぐ教育委員会に行きこれまでの話をした。すると、八尋指導主事は私からも言っておくので、校長と話して欲しいと言う。ここは仕方ないので、いったんは指導主事の顔を立て、

校長との話合いを設定してもらった。

学校側との話合いは後日夜7時半に行った。広い部屋に案内される。部屋に入ると7、8人の教員達に囲まれて座らされた。しばらく沈黙がある。どうもこの中には、誰が司会をしますなど打ち合わせがないようだ。私から切り出す。

「校長さんが見えませんが?」

「校長は出張で今日は来ません」

「それは約束が違う。指導主事からは校長さんと話してくれと言われているんです」

校長と話がしたいと訴え続ける。8時半くらいに若い教員がすっと席を立った。おそらく校長に連絡をしたのだ。校長が顔を見せたのは10時15分頃だった。

「校長さん、入学前に言ってくれた個別指導計画はどうなっていますか?」

「あれは出来ません。あそこまで緘黙だとは思わなかったんです」

とりあえず、彩音の1年間の学習記録を書面で出してくれるよう約束を取り付けた。

私としては、彩音に義務教育を保障してやりたかった。そのために中学校の空白の1年間を明らかにしょうと考えていた。必要とあれば義務教育の延長である。これを同僚の教員の善元幸夫氏から紹介された石井弁護士に相談。指導要録の開示を請求し、斜線だらけの要録に出席時間数を入れさせ、再び開示請求。これによって義務教育の延長が可能になるという。

一方彩音は、妻が見つけてくれたつくし教室に通い始めた。つくし教室とは新宿区教育委員会が運営する教育機関である。ここには不登校の子どもが通ってくる。つくし教室の目的は普通の学校に戻すことである。

彩音は毎朝妻が送って行く。一人では行けない。毎朝苦労し彩音と登校する妻に
「彩音はきっと、一緒に闘ってくれる俺たちを選んで生まれてきたんだなあ。そんな気がするよ！」

と妻を励まし、自分も励ます。

でも帰りは一人でも帰ってくる。やがて、一人でも行けるようになった。だが、教室には入れない。先生が迎えに来て一緒に入ると入っていけた。それでも、彩音は休まない。ここで、彩音は少しずつ心を開いていった。やがて、つくし教室の帰りに中学校に寄り担任と言葉を交わして帰るようになっていった。

彩音の生活が軌道にのり出した頃、ななみさんが進学のため塾をやめたいと言ってきた。いちばん苦しかった時期を支えてくれた人なんだから良くお礼を言いなさい、そう言って最後の授業に送り出した。

姉の和香奈は大学へ、彩音は高校に進学したいと考えるようになっていった。チャレンジスクール三部制の高校を狙うという。夢のような話だ。彩音は人が変わったように受験勉強をし始める。小論文にも必死に食い下がっていく。いちばん心配な面接にも懸命に取り組む。

私は親として何かに向かう姿を見せる意味で16年ぶりに教員採用試験に挑戦した。いや、私

の方が子どもに学んだのだ。その後、私に不合格通知が届くと嬉しそうに
「不合格者！　残念だったね」
と私をかまうのだった。この頃には、すっかり、彩音の行動から一人劇団は消えていた。

高校時代――早起きして高校生活を楽しむ

高校も何校も説明会に行き、自分で選んだ。そして受験し、合格を手に入れた。しかし、彼女が選んだ高校は家から遠い。しかも電車に乗り、あの新宿駅で乗り換えもしなくてはならない。私は通学の方が心配だった。何度か通学の練習をすると、心配もなくなった。

つくし教室で卒業式の練習が始まった。家に帰って来ると旅立ちの歌を練習する。

「白い光の中に山並みは燃えて～♫　お父さん、あたしが上を歌うから、下を歌って」

しかしながら、この練習も残念なことに、卒業式当日は高校の入学手続きのため出席出来なかった。彩音は卒業式の経験がない。飛躍的に伸びる彩音に、卒業式を経験させてやりたい。

いま、彩音は家族でいちばんに起床し、高校生活を楽しんでいる。休日も登校し文化祭の準備に活躍中。

義務教育は9年と定められている。人間は全ての人が同じ速度で成長するわけではない。障害があれば尚更である。だとすれば、9年という時間だけが卒業の尺度というのは、それぞれのものを見直すことも必要かも知れない。いずれにせよ、いまの学校教育ではついて行けなければ

ば容赦なく、置いて行かれる。振り向いてもくれない。

駿太郎は大親友

末っ子長男、名前は駿太郎。幼い頃から保育園の保護者たちから
「駿ちゃんは、優しいね」
と言われ続けてきた。その頃はよくわからなかったが、大きくなるにつれて、だんだんわかってきた気がする。彼は喧嘩をしたことがない。彼が声を荒げ、何かを訴える姿を見たこともない。親としては、少し物足りないような気持ちにさえなる。しかし、本来人間に限らず動物の世界でも、ストレスなく平和に生活ができればそれに越したことはない。駿太郎を見ていると、子どもの頃から闘い続けてきた自分の人生が少し愚かなものに感じることさえある。私は、闘わなければ生きて来られなかった。そんな人生を障害のせいであると勝手に考えている。けれども、もしかしたらそうではないかもしれない。私の性格や脳の構造がそうさせたのかもしれない。いずれにしても、私は闘うことでしか生きられない、不器用な人間なのかもしれない。

喧嘩したことがない子

私は駿太郎に対して、小学生の頃から親友と呼んでいる。そのきっかけは国語の教科書である。教科書に出てくるアマガエルとガマガエルが、友情を確かめ合う。この話の中で親友という言葉が重要な役目を果たす。私は職場の同僚や知人が子ども自慢しているのをよく耳にする。そのたびに、子どもと自分は全く違う人間であると思うのである。子どもに依存するような親にはなりたくない。そんな思いから、せめて気持ちだけでも親友でありたい。だから、その親友に負けないように自分も進化し、成長したいのだ。

ある日、いつものように（親友）と呼ぶと

「お父さん、僕のことを勝手に親友にしないで！」

とバッサリ切られてしまった。ちょっと、寂しかったが持ち前のしつこさで呼び続けていると、彼は呆れたのか諦めたのか何も言わなくなった。

そんな駿太郎が、小学1年生になった時、私は頸椎症で手術を受け入院していた。見舞いに来た駿太郎が

「お父さん、僕、野球がやりたいんだ」

そう言うのだ。自分から何かをやりたいと言い出したのは初めてだった。私としても、野球が大好きなので、とても嬉しい。

「そうか、駿太郎は野球がやりたいんだ。じゃあ約束しよう。退院したら、絶対に野球をや

らせてあげるよ」

私は駿太郎と約束をした。そして退院後、地元の野球チーム、戸塚エコーチャイルドに入団した。背番号16、私の世代では憧れの背番号である。ユニフォーム姿もかっこいい。でも、なかなかレギュラーがとれない。それでも、頑張り続ける駿太郎がいた。朝6時頃から夕方6時頃まで、夏も冬も練習は続いた。

妻は馬鹿げていると、毎週のように怒り出す。だが、駿太郎本人は、素人の私から見ても確実に成長していた。キャッチボールを見ていても、送球が低く距離ものびている。チームとしても非常に強く、大会で優勝していた。その分、選手層も厚い。

ある保護者同士のトラブルをきっかけに、妻が駿太郎に言い出す。

「もう、野球辞めない？ もし、野球をやりたいなら、中学生になってから部活動でやればどうかなあ？」

黙って聞いていた彼は、少し寂しそうに
「うん、僕辞めてもいいよ」

と言った。監督としては、やめて欲しくないとのことだった。私は監督と二、三度話をした。監督はしぶしぶ了解してくれた。でも、本当は駿太郎の心は辞めたくなかったように思う。

40年ぶりの三木おろし

駿太郎が中学校に入学した。入学後すぐにサッカー部に入部したいと言い出した。ところが、よくよく話を聞いてみると、サッカー部の人気がなく廃部になるかもしれない状況だという。そこで、駿太郎は動き出した。友達に声をかけ、サッカー部の部員集めに乗り出した。すると、日を追うごとに部員は増えていった。なんとか、試合に必要な人数を確保することができた。サッカー部は存続の危機をまぬがれたのである。そして、駿太郎はゴールキーパーとなった。サッカーが楽しくて仕方がないという様子である。

２０２２年、２年生になったある日

「お父さん、僕、今度生徒会の選挙に立候補したいと思うんだけど……」

「ああ、生徒会か。いいんじゃないか、やってみればいい」

と彼を励ましながら、私には嫌な思い出がよみがえってきた。そこで、昔、清行さんの書いた「やるっきゃない」を駿太郎に手渡すと、彼は夢中になって読んでいる。そこには、私の高校生の頃に、起こった事件と懸命に生きようとする私の姿が描かれている。

「お父さん、これは面白いよ」

「そうか。清行おじさんに、そう言ってあげたらきっと喜ぶと思うよ」

と言いながら、私は三木おろし事件について、語り聞かせた。彼はそれを静かに聞いていた。

そんなある日のこと、私ががん治療のため自宅療養で家にいると

「ただいま」

そう言って、帰ってきた駿太郎にいつもの元気がない。階段に腰を下ろし、うつむき加減でひと言も言葉を発しない。私は嫌な予感がしていた。

「おい、親友どうした？　元気ないなあ。何かあったのか？」

そう言う私の言葉に
「歴史は繰り返されるものなんだよ」

その言葉で何が起こったのか、大体の予想がついた。そして同時に、私の嫌な予感が的中してしまったことを悟った。

私は何も分からないふりをして、彼に質問をしてみた。

「おい、親友何があった？」

彼はゆっくりとした口調で語り始めた。

「うん、だからね。今日担任の井手先生から呼び止められて、三木ちょっと話がある、お前、生徒会に立候補するのか？　生徒会は毎週水曜日に活動している。サッカー部はどうするんだ？　今、ゴールキーパーの指導してくれている先生は水曜日にしか来られないんだぞ、お前のために毎週水曜日に来てくれているんだからな。生徒会をやるのか？　サッカーをやるのか？　もし、生徒会をやるのであればサッカー部のレギュラーから外すって言われた。たぶん先生には、次の生徒会のメンバー候補がいるんだと思う」

駿太郎は学校側の動きを分かっていた。私もそう思う。

この井手先生は、駿太郎の担任だけではなく、運悪くサッカー部の顧問でもあった。

「それでお前は、やめたのか？」

「うん、だって、しょうがない。レギュラーから外すって言うんだもん」

駿太郎の気持ちは痛いほど理解ができる。私には寂しく、残念な気持ちはあるが、彼をせめる資格はない。それにしても、この現代において、東京都の教育はどうなっているんだろう？

私は教職員に対し怒りがわいてきた。担当の教員と話す前に、最初に新宿教育委員会の指導主事に電話をかけた。事情を説明すると指導主事は

「わかりました。私からも学校側に確認してみますが、お父さんも学校側と話してみてください」

そう言うのだ。彩音の時と全く同じ対応である。このように教育委員会、指導主事は逃げるマニュアルが存在しているのだろう。翌日になって、担任の井手先生から電話がかかって来た。

「もしもし、駿太郎君の担任の井手です。あの、私としては本人と話し合った上で、本人も納得しての結論だと認識しています」

「いや、本人は納得なんてしていない。先生にサッカー部のレギュラーを引き合いに出されたと言っている」

「いいえ、私はサッカー部の活動をしながら、生徒会もやることとの大変さを本人と確認した

だけです」

「本人はそうは思っていない。そもそも何で確認する必要があるのか理解できない。だって、彼を生徒会の役員にするのは、彼本人でもなく、親でもなく、教職員でもない。全校生徒なんだよ。選挙なんだよ。生徒会って社会の仕組み、民主主義を理解させるためにあるものだから、あなたのやったことは民主主義の根幹に関わる重大な問題だと思う。教職員がこの段階で介入してはいけないと思わない？　先生の専門は何？」

「私は国語です」

「国語の先生なら解ると思うけど、言葉というものは発信する側と受け取る側ではズレがあるでしょう。まして今回の場合は、教師と生徒と言う上下関係に加え、話の内容がすごくデリケートな問題なので、そのズレは大きくなる。国語の先生だから分かるでしょう」

「いや、ですから私はそんなつもりで言ったんじゃないんです」

どうしても噛み合わない話が続く。

「じゃあ、何のためにサッカー部のレギュラーを引き合いに出したの？」

「それは、駿太郎君には生徒会とサッカー部の両立は難しいよ、と伝えたかったので話をしました」

「でもサッカー部の一年先輩には、サッカー部と生徒会活動を両立していた生徒がいたと聞いていますよ」

「ですから、その大変さを伝えたかったんです」

「私が教員であなたの立場だったら、思いっきり悔いのないようにやってみなさいと言うよ。落選で落ち込んだ時は寄り添ってあげようと思う。当選して両立に苦しんでいたら、どうしたら良いか？　一緒に考えようと思う。それが教師の役目だと思わない？　繰り返すけれども、駿太郎を生徒会の役員にするのは、私でもあなたでもない。全校生徒であることはわかって欲しい」

「はい、では私にどうしろと言うのですか？」

「できる事なら、彼に立候補するチャンスを与えて貰いたい」

「それはできません。もう選挙も終わりますから」

「いや、長野県ではこのような問題が起こったので、生徒会の任期を一年間ではなく半年間とし、半年ごとに選挙を行うことにしたというのです。そのやり方ならば彼の立候補は可能です。あなたから職員や校長に提案してください」

「それは難しいと思いますよ」

「いやでも、提案ぐらいできるでしょう。そんなに難しいことを言っているわけではないと思うんですよ」

私からすれが、せめてもの落とし前をつけさせたかった。

「分かりました」

と彼は承諾した。しかしながら、それ以後彼からの連絡はない。私もその後確認はしていないが、社会人としてこの後の報告があっても罰は当たらない。言い方を変えれば、社会人として未熟な人間が教師をやっているのである。私が受けた三木おろしから40年経っても変わらない何かが存在している。世の中には何十年、何百年変わらない素晴らしいものがある。その一方で変わって欲しいものもある。

私は私以外の人の人生を知らない。だが、周りをふと見渡すと、もっと楽に生きているように見える。それは単純に、隣の芝生は良く見えるということなのだろうか。それとも皆問題に気が付かないのだろうか。気づいても闘わずして生きているのだろうか。あるいは、闘っていることを私が知らないだけなのだろうか。いずれにしても、私の生きる世界には次から次へと問題が起こる。これは、私の障害が原因なのだろうか。

父の遺産

大貫の家

千葉県富津市の大貫の実家をめぐり、話を切り出したのは、義理の兄であった（姉和子の夫）。父が死んだとき、彼は私に

「家屋がいいのか？　土地がいいのか？　どっちがいいんだ？」

そう質問された。

「そうだな、家っていつかは腐るからね。土地の方がいいかな」

そう答えた。当時は何も思わなかったのだが、今思えば変な質問である。しばらくして、新しい登記簿謄本を見せられた。そこに書かれていたのは、家屋の名義は姉、三木和子とされていた。土地については、三木和子と三木由和それぞれ二分の一となっている。これは父親の遺言とはちょっと違うような気がしていた。家と土地とどちらかと訊かれたので土地と答えたのは確かである。だが、この登記簿では家も土地も姉の和子のものになっている。私の持ち分としては庭の分しかない。それでも何もないよりはいいと思っていた。それから数年後、義理の兄が家と土地を抵当に入れ借金をしようとした。けれども、半分の名義が私になっていたため思うようにはいかなかったという。もし、私の名義がなければ、家も土地もなかったかもしれない。見方を変えれば、私がいたから家も土地も存在していると言えるのかもしれない。

それからさらに数年後、私が結婚してまもなくのことである。義理の兄から母親が元気なうちに、土地の登記をきちんとしたいと申し出があった。なるほど、母が元気なうちに決めるのは大事だと私も思う。そこでとりあえず、姉夫婦の話を聞いてみた。

「土地は全部で160坪ある。けれども、測量した結果、登記できるのが120坪だ。残りの40坪は縄延べといって、昔からの土地と現在登記されている土地の誤差だ。そこで160坪を80坪と40坪＋縄延べ40坪に分けてみた。どっちを選んでもいいけれど、40坪にすれば、固定資産税も半分だし、実際には80坪使えるから得なんじゃないか。こっちの方がいいだろう」

　と私に40坪の方を勧めて来た。私は即答を避けた。

「一晩考えさせてくれ」

　そう言って、床に就いた。私は直感的に何かおかしいと思っていた。父が死んだ時も土地と家屋のどちらかを選択させた。その上、父の生命保険金で私の名義の車を買った。私の名義にしておけば、自動車税も重量税もかからない。その上、私にはめったに運転させなかった。話を戻すが、今回も似たような二者択一である。

　翌朝、今度は私の方から話をもちだす。

「夕べの話なんだけど、40坪と80坪どっちでもいいなら、俺は80坪にすることにした」

　すると、義理の兄の正男の顔色が変わる。

「なんでだ。固定資産税だって半分なんだぞ。40でいいじゃないか！」

「いや、その言葉そっくり返すよ。もしそうならば、そんないいことないだろうよ」

「ならば、お互いに60坪にしようや。それなら、問題はないだろう」

「じゃあ、夕べの話はなんだったんだ。40対80でどっちでもいいって言ったじゃん！」

「だから、その話は聞かなかったことにしてくれ！」

「そんなことできるわけないだろう。俺は記憶力だけは良いんだから」

　と言ってその場はおさまった。そもそもこの話、誰が考えたのだろうか？　姉夫婦が二人で考えたのか？　裏で鹿島というやくざが糸を引いているのか？　いずれにしても、私をだまそうとしたのは間違いない。この問題、何がひそんでいるのか、良く分からないし迂闊に手が出せない。私はそう考えていた。そこで知り合いの弁護士さんに相談してみた。高田馬場に事務所を構える小高さんである。小高さんは姉夫婦に対して私と対等に向き合うように話を進めてくれた。間に権威ある人を入れないと対等な話ができない程、日本の障がい者差別は深刻であることを、この問題が浮き彫りにしている。

ちょうどこの頃、私は放送大学に在籍中であった。大学では生活と福祉を専攻し、障害者福祉論を履修していた。そんなある日のこと、障害者福祉論の講義中に三ツ木任一教授がこんな話を持ち出した。

「障がい者に対する差別は、あなた方の想像できないところでも起こっているんです。例えば、遺産相続なんかよくある話なんです」

三ツ木教授のこの言葉に数人の学生が反応を示した。くすくすと、笑い始めたのである。

その学生さん達に、三ツ木教授がかみつく。

「いや、あなた達そうして笑ってるけど、笑い事じゃないんだから、本当にあるんですよ。どういうことかというとね。障害を持っていて、自分の事も出来ないのだから、親の面倒も見れないだろう。結局、親の面倒は兄弟である私たちが見なければならないし、親がいなくなった後、お前の面倒も私たちが見ることになる。だから、お前の遺産相続は放棄すべきだと言うんだよ」

三ツ木教授の講義は静まりかえった学生たちに、さらに続く。

「あなた達ねどう思う?　障害の有無は本人のせいじゃないんだよ。でも、ここでは障害があるから悪いと言っているよねえ。本当にこれでいいんだろうか？」

三ツ木教授の講義は、私が直面している問題を知っているかのようだった。

「こんな家、いるの？」

私は弁護士小高さんにお願いして以来、大貫の実家に帰ることができなくなった。小高さんのおかげで、遺産分割は元の通り、二分の一というところまで押し戻すことができた。私にとって、何がいちばん大切か?と問われたとしたら、父の思いを現実にすることであった。

「土地と家さえあれば、どんな遠くに行ったにしても、大威張りでいつでも帰ってこれる」

父はたった一人の肉親である私がいつの日か、この地に戻ってくることを願っていたに違いない。そのためには、帰ってこられる場所を確保したかったに違いない。私にも、そんな父の気持ちは充分に分っていた。だからこそ、自分の持ち分は守らなければならない。

ある日、妻の群馬の実家に行った時のことである。妻が母親に千葉の実家の話をしていた。私はあえてその話に入ろうとはしなかった。するとしばらくして、義理の母親が私に意見を言い始めた。

「だけどさあ、三木ちゃんさあ、お母さんに対して何もしていないんだから、それでいて、遺産について主張しちゃいけないよ。だって、そうだろう」

私にはそれに対し、反応する気もなければ、反論する言葉も見つからない。理解してもらうためには、数週間、数か月、数年かかる。しかし、義理の母の言っていることもわかる。彼女が言うのは、大学の講義で三ツ木教授が言っていたことそのものだった。

2014年4月、母が息を引き取ったと姉和子から電話があった。母とは5年程前から連絡が途絶えていた。その前は公衆電話から電話がかかって来た。

「もしもし、由和か？　あのな、悪いんだけど、お金を送ってくれよ。和子に見つかると怒られるから、見つからないように送ってくれよ」

と言うので、私はダンボール箱に駄菓子や柔らかい煎餅などを詰め込み、その下に封筒に入れた3万円を忍ばせて宅配便で送った。そんなやりとりが、何度かあった。しかし、母には父の軍人恩給があるので、そんなにお金には困らなかったはずである。いま思うと分からないことだらけである。

その後、連絡が取れなくなり、そっと家の様子を見に行ってみると家には誰も住んでおらず、空き家になっていた。隣の幼なじみの俊哉君に電話で訊いて見る。すると

「もう結構前から誰も住んでいないみたいだよ。連絡先知らないの？　それは困ったもんだね！」

そう言うのだ。近所の人も知らなければ、私としてはどうすることもできない。そんな矢先の電話であった。

母が亡くなり、実家の方にいるからと言うので、私は家族を呼び集め千葉の実家へと向かった。妻には申し訳ないが、告別式等の費用は全て私がもった。香典も全て姉に渡した。それは母に対して、私に出来る最後の思いだった。

母の葬儀も済んだ後、私は脳性麻痺による頚椎症のハイリスク手術を受け二年間仕事を休職した。その後、職場復帰したが気になっていたのは、誰も住んでいない実家である。

そんなある日、学校の警備員の吉本さんと家の様子をうかがいに行くことになった。吉本さんは早稲田大学法学部を主席で卒業したすこぶる頭のいい人である。私はそんな彼に何度も助けてもらった。弁護士の小高さんを紹介してくれたのも吉本さんだった。立正大学短期大学部を受験するときに論文指導してくれたのも吉本さんだった。そんな吉本さんにも少し困っていたことがある。それは、息子駿太郎の前で私を呼ぶ時にお前と上から目線で呼んだり、話をしたりすることだった。二人でいる時はまったく気にもならない。吉本さんから見れば、私はまだまだ未熟で頭の弱い人間に見えていたに違いない。

ある日吉本さんと、実家を見に行った時に彼が私に話す。

「お前さあ、今までこの家にこだわってきたけど、そんなにこの家にこだわる必要ないんじゃないか。俺だったら、こんな家くれると言っても断るな」

なぜ、吉本さんがこんな事を言ったのか分からない。私はこの言葉に、全身の血が引くような思いを感じた。吉本さんの言うのも分からなくもない。確かに百年以上も経っている家である。土地だって、大した土地ではない。

しかし、私はこの家で生まれ、この庭で遊んで大きくなった。この家と土地は私の原点である。父の私に対する思いも、言葉に表すことができないほど詰まっているのだ。うまく表現できないが、私にはある種の使命感のような感情も存在している。彼の言葉は、私のみならず、三木家先祖代々を侮辱している。しかし、ここで私の思いを伝えるには数週間、数か月、数年もかかるに違いない。また、時間を費やしたところでそれが理解してもらえるかはわからない。時として、言葉というのは無力になってしまう。

夢は広がる

2020年の秋、私は姉和子から実家の登記簿謄本を譲り受けた。同時に家の鍵も渡された。ところが、その時にはすでに家がぼろぼろになっていた。増築した部分にハクビシンが住み着き、そのままでは使えそうもない。立正大で同級生だった小峰君と罠を仕掛け捕獲に大成功した。

さらに、今度は台風によって、裏の玄関扉が破壊されボロボロになってしまった。裏玄関は浜風が強いので、そのままにしておくわけにはいかない。そこで、今度は息子の駿太郎とドアを直す事にした。

「おい親友、実はね、大貫の家のドアが台風で壊れてしまったんだよ。直すのを手伝ってくれないか？」

「わかった、いいよ」

翌週の日曜日から修理が始まる。修理といっても、扉は原型を止めていない。だから寸法を測り、最初から作り直しである。私は駿太郎に大工仕事を教えながら、達成感を感じさせたかった。扉自体がいびつな形をしているため、非常に難しい。駿太郎は、初めてにしては釘の打ち方が上手い。丸鋸を使うのは私が担当した。なんとか二人で作り上げることに成功した。私は父と一緒に、何かの作業をしたことがないので最高に嬉しかった。同時に、息子の記憶にいつまでも残って欲しいと願っている。そして、もう一つ計画をしているのが、囲炉裏の復活である。父は私が火傷するといけないので、囲炉裏をつぶして掘りごたつを作った。その掘りごたつも床下収納に活用されていたが、今は全く使っていない。私にとって、実家は宝箱のようなものである。

ヤギやにわとりを飼って庭の草を食べさせたい。夢は無限に広がっていく。

あとがき

私は60歳を目前にして、千葉県教員採用試験の一次選考に合格をした。けれども、二次選考で不合格となる。翌年最後のチャンスに挑むも、またもや二次選考で不合格となった。大貫中学校で生徒たちと約束した教員への思いはもう一歩まで来ていた。不合格となったものの、私はある手ごたえを感じていた。それは、私の人生を苦しめてきた特殊学級による低学力という障害をやっと乗り越えたという証である。

とはいえ、まだ約束が残っている。次に私が考えたのは、東京都公立学校時間講師選考への受験であった。所属長である川崎勝久校長に相談すると、用務員と講師の二刀流でやってみてはという話になった。そんな矢先、私に新たな試練が襲いかかった。直腸がんである。時間講師の採用試験には合格した。しかし、体力がそれを許してくれない。手術を受けたものの、がんは転移、余命八か月の宣告。放射線治療や抗がん剤治療がいま現在も続いている。それでも、職場復帰へのリハビリが続く。

ある日、清水海隆先生に電話をかけてみた。海隆先生も立正大学を退職された年だった。きっと、大学を退職して、燃え尽き症候群になっているのではないか、心配である。

「もしもし、元気でやっている?」

「私は元気だけど、そっちはどうなのよ?」

病状を説明し、燃え尽き症候群になっていないか問う。すると、退職後は立正女子短期大学の学長を務めているという。忙しくて仕方がないとのこと。立正女子短期大学とは高円寺にあるという。新宿から近いので、遊びに来いと言う。ただ、遊びに行くのではもったいないので、私に講義をしてみないかと言う。それは良い考えだと数分間のうちに日程まで決まった。

2023年6月、講義は社会福祉の科目で障害者福祉について、その内容は任せるからというのである。私からしてみれば、大学の講義時間、一時間半はいいリハビリである。一時間半も教壇に立って話し続けられるだろうか? 体力的に少し不安もあったが、なんとかなるだろうと思った。講義はほぼほぼこの本に書かれている内容から取り上げたものである。

私は冒頭から、「全力を尽くして」に盛り込まれた(普通の人と変わらぬ生活がしたい)という思いから講義を始めた。ここでいう、普通とは自分が差別されることなく生きるという意味だったに違いない。ではそこに、自分は障害者で健常者を意識していなかったのかと問われれば、そんなこともなく、嫌でも意識させられて来たのだといえよう。たとえば、卓球部で高校生の時、矢島先生が障害者同士の大会があればいいなあと言ったとき、私は違和感を感じた。

そこには健常者に近づきたいなどという気持ちではなく、区別がすなわち差別であるという理屈では割り切れない心の動きである。

こうしている間にも、私の体の中ではがんとの戦いが行われている。私には残り時間が少ないのかもしれない。それでも伝えたいことは沢山ある。人間は素晴らしい頭脳を持っている。社会は目まぐるしく変化をしている。その反面、人間は愚かさも持ち合わせている。地球上で、人間ほど大量に殺し合う生物は存在しない。さらに、それは繰り返されてきた歴史がある。生物学的に類のない頭脳を持った人間が、なぜ学習できないのだろうか？

福祉に目を転じると、人種差別、高齢者差別、男女差別、障害者差別などに加え、名称が付いていない差別が無数存在している。人類は科学技術などの分野においては発展を遂げたが、心の分野においては置き去りになっているのだ。

小学生に自分の障害を真似られたとき、私は自分の両親を引き合いにだし、なぜいけないのかを説明した。私はこの世に生まれて、両親や家族、ご近所の方々、学校の先生、友人に沢山の愛情を注いでもらい生きて来た。それは私に限らず、全ての人がそうである。自分以外の人間と関わるとき、それを常にどこか頭の片隅に持っていて欲しい。

それが全ての差別に対する対処法であると私は信じている。言動を発する前に、相手にも両親がいて大切に育てられたことを思い浮かべて欲しい。戦争も同じである。ミサイルの発射スイッチを押す前に、このミサイルの先に何千何万もの人生があり、何千何万もの愛情が存在し

ている事を思い浮かべて欲しい。今、視界の中で父と母の遺影が微笑んでいる。二人に合掌し、一礼して

「そうだよね。」

とつぶやきかけた。

この本を書こうと思ったきっかけは、「障害者の教育権を実現する会」の月刊『人権と教育』に「障害が残っちゃった」として石川愛子さんの依頼で連載をはじめたことにある。幼時期の育成園のこと、小・中学校の特殊学級でのことなど、つぶさに書いた（月刊『人権と教育』388〜441、のちに月刊『人権と教育合本』17〜19に所収）。さらに、その続きを書いて本にしなさいと、根気強く励ましてくれたのも石川さん。

また、社会評論社の板垣誠一郎さんには、造本にあたり大変お世話になり、記してお礼申し上げたい。

2023・11・19　三木由和

著者紹介

三木由和（みき　よしかず）

1961年 千葉県生まれ、生後7か月で風邪をひき脳性小児マヒとなる。1965年 肢体不自由児訓練施設育成園入園。1年7か月で退園。1968年 富津市大貫小学校特殊学級在籍。1974年 同市立大貫中学校特殊学級在籍。1981年 千葉県立木更津東高校定時制卒業。1982年 東京都立身体障害者訓練校修了。1982年 新宿区職員として小学校用務員となる。1986年 立正短大二部卒業、教員免許中学校社会取得。1993年 佛教大学通信教育で養護学校教諭免許取得、2010年 放送大学で学士号取得。2022年 新宿区職員定年退職、同校で再任用。

ちょっとうるせぇ障害者

2023年12月9日初版第1刷発行

著／三木由和

発行者／松田健二

発行所／株式会社　社会評論社

〒113-0033　東京都文京区本郷2-3-10　お茶の水ビル

電話　03（3814）3861　FAX　03（3818）2808

印刷製本／倉敷印刷株式会社

感想・ご意見お寄せ下さい　book@shahyo.com